Bachtyar Ali

Mein Onkel,
den der Wind mitnahm

AF196485

Zu diesem Buch

Djamschid Khan ist hinter dicken Gefängnismauern dünn geworden. Leicht wie Papier, sodass ihn eines Tages ein Windstoß erfasst und ihn fortträgt, über die Mauern des Gefängnisses hinweg und hinaus in die weite Welt. Immer wieder weht er davon, und immer wieder beginnt er ein neues Leben. Bei der Armee, als Geist, als Prophet, als Geliebter, als fliegende Attraktion – zahllose Wirbel ziehen den Mann mit sich fort, bis er selbst nicht mehr weiß, wer er einmal war und wohin er gehört. Einzig sein Neffe ist auf der Suche nach ihm und nach etwas, das seinem Onkel seine Wurzeln zurückgibt. Eine schwerelose, berührende, auch tragische Geschichte vom sich Verlaufen, vom neu Beginnen und der Frage, wohin wir eigentlich unterwegs sind.

»Der grandiose Erzähler Bachtyar Ali erfindet eine Figur, die sich immer wieder neu erfinden muss.« *Badische Zeitung*

Der Autor

Bachtyar Ali, geboren 1966 in Sulaimaniya (Nordirak), ist der bekannteste zeitgenössische Schriftsteller des autonomen irakischen Kurdistan. Sein Werk umfasst Romane, Gedichte und Essays. Er lebt seit Mitte der Neunzigerjahre in Deutschland und wurde 2017 mit dem Nelly-Sachs-Preis ausgezeichnet.

Im Unionsverlag sind außerdem lieferbar: *Der letzte Granatapfel; Die Stadt der weißen Musiker; Perwanas Abend* und *Das Lächeln des Diktators*.

Übersetzung

Ute Cantera-Lang (*1974) studierte Musik, dolmetscht Spanisch und Englisch und übersetzt aus dem Kurdischen. Rawezh Salim (*1973) studierte Translationswissenschaften und übersetzt aus dem Kurdischen und Arabischen.

Mehr über den Autor und sein Werk auf *www.unionsverlag.com*

Bachtyar Ali

Mein Onkel, den der Wind mitnahm

Roman

Aus dem Kurdischen (Sorani)
von Ute Cantera-Lang und Rawezh Salim

Unionsverlag

Die Originalausgabe erschien 2010.
Die Übersetzung aus dem Kurdischen (Sorani) wurde
vom SüdKulturFonds in Zusammenarbeit mit Litprom e. V. –
Literaturen der Welt unterstützt.

Im Internet
Aktuelle Informationen, Dokumente und Materialien
zu Bachtyar Ali und diesem Buch
www.unionsverlag.com

Unionsverlag Taschenbuch 970
© by Bachtyar Ali 2010
Originaltitel: Cemşîd Xany Mamim:
Ke Hemîşe Ba Legel Xoyda Deybird
© by Unionsverlag 2023
Neptunstrasse 20, CH-8032 Zürich
Telefon +41 44 283 20 00
mail@unionsverlag.ch
Alle Rechte vorbehalten
Die erste Ausgabe dieses Werks im Unionsverlag erschien 2021
Reihengestaltung: Heinz Unternährer
Umschlagmotiv: Lukman Ahmad, *Alawis' Women series
(waiting for spring),* Acryl auf Leinwand (Ausschnitt)
Umschlaggestaltung: Sven Schrape
Lektorat: Hans-Ulrich Müller-Schwefe
Satz: Greiner & Reichel, Köln
Druck und Bindung: CPI – Clausen & Bosse, Leck
ISBN 978-3-293-20970-1

Der Unionsverlag wird vom Bundesamt für Kultur mit einem
Verlagsförderungs-Strukturbeitrag für die Jahre 2021–2024 unterstützt.

Auch als E-Book erhältlich

Erster Flug

Als Djamschid 1979 verhaftet wurde, war er siebzehn. Die Baath-Partei hatte sofort nach Machtübernahme des neu ernannten Präsidenten damit begonnen, die Kommunisten, soeben noch ihre Hauptverbündeten, zu jagen, zu verhaften und zu foltern.

Keiner in unserer Sippe wollte damals wahrhaben, dass Djamschid Kommunist geworden war, Kommunisten hatte es bei uns noch nie gegeben. Man erzählt, er habe heldenmütig die Folterungen ertragen und sich nicht brechen lassen. Sein eisernes Schweigen zwang die Schergen, immer neue Folterkünste für ihn zu ersinnen. Immer präziser, immer grausamer wurden die Methoden, ihm Schmerz zuzufügen. Als alles ohne Erfolg blieb, wurde er von einem Kerker zum nächsten weitergereicht.

Dass seine Kräfte schwanden und er bald nur noch ein Schatten seiner selbst war, mag sehr wohl auf die Misshandlung und den Hunger in den Gefängnissen zurückzuführen sein. Einige seiner Mithäftlinge berichteten von einem plötzlich einsetzenden, drastischen Gewichtsverlust.

Ich erinnere mich nur undeutlich, wie er vor seiner Verhaftung aussah. Die wenigen Fotos des Fünfzehn- und Sechzehnjährigen zeigen einen pummeligen, pausbäckigen Jungen. Sein Lächeln zeugt von einer gesunden und unbeschwerten Kindheit. Einige, die ihn schon zu dieser Zeit kannten, neigen zur Ansicht, dass ihn nicht der Freiheitsdrang oder der Glaube an soziale Gerechtigkeit dazu bewegte, Kommunist zu werden, sondern eher die Sehnsucht nach einer Gesellschaft, in der es freie Liebe gibt, in der das Verhältnis zwischen Männern und Frauen nicht tabuisiert und streng kontrolliert wird. Wie dem auch sei, im Gefängnis schwanden Djamschids Kräfte, und er verlor dramatisch an Gewicht. Die Baathisten, für die ein Menschenleben keinen Pfifferling wert ist, ließen sich davon nicht beeindrucken. Sie sahen darin vielmehr einen Erfolgsbeweis der ausgeklügelten Methoden, mit denen sie, unterstützt von ausländischen Spezialisten, ihr Folterprogramm perfektioniert hatten.

Niemand weiß genau, an welchem Tag der Wind Djamschid zum ersten Mal verwehte. Fest steht aber, dass sein erster Flug in einem Sondergefängnis in Kirkuk begann.

In einer kalten Winternacht holte ihn ein Wärter aus der Zelle, um ihn den Ermittlern vorzuführen. Er wusste: Bei jedem dieser Verhöre, mit den üblichen Prügeln und Quälereien, konnte sein letztes Stündchen schlagen. Um zum Folterraum zu gelangen, musste er einen großen Hof überqueren. Auf diesem

Weg nun geschah, woran er sich auch später noch glasklar erinnerte und wovon er gern in leuchtenden Farben erzählte. Er war in Begleitung des arabischen Sicherheitsbeamten. Ein hochrangiger Offizier, der in einem langen Militärmantel am anderen Ende des Hofs vor einer Tür stand, verlangte den großen Schlüsselbund, den der Wärter bei sich trug. Der Offizier befahl ihm, herüberzukommen und ihm die Tür aufzusperren. Der Wärter, nach Djamschids Beschreibung ein Typ mit Locken und Aknenarben, befahl: »Bleib stehen, ich bin gleich zurück!« Djamschid gehorchte.

Keiner weiß, was dann passierte, aber offensichtlich erhob sich unerwartet ein starker Wind, der Djamschid Khan zum ersten Mal vom Boden hob. Er erinnerte sich genau: Ein Schwindelgefühl und eine unsagbare Angst befielen ihn. Wie ein trockener Grashalm kam er sich vor, federleicht vom Wind entführt und emporgerissen, hoch über die Gefängnismauern hinaus. Unter sich sah er die Dächer des Sicherheitszentrums Nord, der Wind wirbelte ihn herum, drehte den frei Schwebenden auf den Bauch, sodass die Arme herabbaumelten, und spielte mit ihm wie mit einem abgebrochenen Ast. Starke Kopfschmerzen befielen ihn, er konnte sich das alles nicht erklären und hatte keinerlei Vorstellung davon, was als Nächstes passieren würde. Er hörte, dass vom Boden aus Schüsse abgegeben wurden, und drückte die Augen fest zu. Die Angst, abzustürzen, ließ ihn am ganzen Leibe zittern.

Aber der Wind trug ihn weiter und weiter. Von oben sah er die ganze Stadt, die Lichter der Straßenbeleuchtung, die Scheinwerfer der Autos auf den breiten und langen Straßen, aber seine Angst erlaubte es ihm nicht, den Anblick zu genießen. Ein heftiger Windstoß torpedierte ihn in die Weiten des Himmels, und er verlor die Besinnung.

Niemand weiß, welche Strecken er in seiner luftigen Höhe zurücklegte, wie lange er dort oben schwebte und wie viele Flugrunden der Wind den bewusstlosen Djamschid Khan am Himmel drehen ließ. Jedenfalls führte er ihn unserer Stadt zu, auf die bekanntlich jedes Unwetter und jeder Orkan aus allen vier Himmelsrichtungen zusteuert, und ließ ihn da fallen. Verbürgt ist, dass er nach seinem langen Flug, der im Gefängnishof begonnen hatte, auf das Dach einer Autowerkstatt in unserer Stadt fiel, wo er bei Tagesanbruch von einem Lehrling gefunden wurde.

Solange er schwebte, war Djamschid noch Kommunist. Kaum aber war er auf dem Dach gelandet, konnte er sich daran nicht mehr erinnern. Der Wind, der ihn nordwärts trug, hatte ihn sein früheres Leben vergessen lassen.

Wundersame Wandlungen geschahen, wenn der Wind ihn verwehte. Neue Leidenschaften und Träume erwachten in ihm, sobald er am Boden aufschlug. Mit jedem Sturz schwand oder verblasste ein Teil seiner Erinnerungen. So kommt es, dass ich mich zwischendurch frage: Wie soll ich es schaffen, das Leben eines

Mannes zu erzählen, der ständig von Neuem sein Gedächtnis verlor?

Am Nachmittag gelangte Djamschid zum Haus meines Großvaters Hissam Khan. Der war bestürzt über den abgemagerten Jungen, der nur noch aus einer pergamentfeinen Haut bestand, die um ein paar dünne Knochen hing. Doch welch ein Glück, dass der monatelang verschollene Sohn zurück war! Angesichts der wachsenden Brutalität der Baathisten hegte niemand die leiseste Hoffnung, dass aus ihren Gefängnissen jemand je wieder lebend auftauchen würde. Schon gar nicht, wenn es sich um einen Kommunisten handelte. Hissam meinte zunächst, die Baathisten hätten sich von der Schuldlosigkeit seines Jüngsten überzeugt und ihn deshalb laufen lassen. Als ihm Djamschid aber die Geschichte seiner Reise durch die Lüfte bis ins kleinste Detail erzählte, und wie der Wind ihn hergetragen hatte, befiel meinen misstrauischen Großvater der Verdacht, sein Sohn könnte entweder ausgebrochen und geflohen oder aber verrückt geworden sein.

Mein Cousin Smail und ich wurden zu seinen Begleitern bestimmt. Unsere Aufgabe war es zu verhindern, dass er vom Wind verweht würde.

Er war drei Jahre älter als wir beide, aber wir waren viel größer und kräftiger. Beim ersten Treffen trat mir eine ausgemergelte Klappergestalt entgegen, ein Geschöpf aus gilbigem Papier, ein schmächtiger Mann, der seitlich betrachtet nicht mehr war als eine Linie.

Wie ein Stück Nähseide, das im Wind flattert, oder eine Wäscheleine, die in einer leichten Brise erzittert.

Smail und ich waren Cousins, beide fünfzehn Jahre alt, aber schon zum zweiten Mal in der ersten Klasse der Mittelschule sitzen geblieben, und wir schafften es nicht in die zweite. Als sich die Verwandten versammelten, um über Djamschids Situation zu beraten, hatte man uns längst als hoffnungslose und nichtsnutzige Fälle abgestempelt. Mein Onkel Adib, der älteste Sohn von Hissam, meldete sich als Erster und schlug vor, seinen Sohn Smail zum Dauerbegleiter des erbarmungswürdigen Bruders Djamschid zu ernennen. Mein Vater Sarfraz wollte der Verwandtschaft ebenfalls brüderliche Fürsorglichkeit demonstrieren, er schloss sich unverzüglich an und stellte auch mich, seinen Sohn Salar, zur Verfügung. Weil auf Djamschid mehr als einer aufpassen müsse.

Um ihn vor den Häschern der Baathisten und den allgegenwärtigen Spionen in Sicherheit zu bringen, hatte man ihn sofort in die von Kurden kontrollierten Berggebiete gebracht. Unser Heimatdorf, aus dem wir ursprünglich stammten, lag in einer dieser kalten, kaum zugänglichen Regionen. Eine Woche nach Djamschids Rückkehr ließ mein Vater mich auf den Beifahrersitz seines Pick-ups klettern und sagte: »Wir fahren nach Baranok.« Unterwegs erklärte er mir: »Von heute an seid ihr, du und dein Cousin Smail, die Wächter eures Onkels. Er wird euch brauchen und auf euch angewiesen sein. Ihr müsst ihm dienen und ihm helfen. Ihr dürft ihn niemals aus den Augen verlieren, denn aus ihm ist ein kraftloser Schwächling geworden, den jeder Windstoß mit sich zu reißen droht.« Ich traute mich nicht, Fragen zu stellen, aber den letzten Satz meines Vaters hatte ich nicht verstanden.

In den Zeiten vor seiner Verhaftung hatte ich kaum je ein Wort mit Djamschid gewechselt. Wenn wir Großvater besuchten, kam er selten aus seinem Zimmer, meistens begrüßte er uns nicht einmal. Sein Zimmer in der obersten Etage hatte etwas von einer Festung, die außer ihm selbst und seinen engsten Freunden niemand betreten durfte. Zum Zeitpunkt seiner Verhaftung war er Schüler an einer landwirt- schaftlichen Berufsschule. Ich muss gestehen, dass ich damals meinen Onkel nicht sonderlich mochte. Nicht, weil er kaum mit uns sprach, sondern weil er streng und ernst blickte. Er fand stets einen Grund, uns von oben herab zu behandeln. Wahrscheinlich dachte er sich nichts dabei. Vielleicht hing es aber auch damit zusammen, dass er Kommunist gewor- den war. Die Brüder, Vater Hissam und die adligen, einflussreichen Verwandten hielt er nun allesamt für Unterdrücker und Blutsauger. Außerdem erlaubte er niemandem, ihn mit seinem Adelstitel »Khan« an- zusprechen, man musste ihn »Kamerad Djamschid« nennen. Die Wände seines Zimmers hatte er mit großen Porträts von Karl Marx und Friedrich Engels geschmückt. So war mir an jenem Tag, als ich mit meinem Vater in unser altes Dorf Baranok fuhr, noch das alte Bild von Djamschid in Erinnerung: ein Kommunist, der uns, die adlige Khan-Sippe, verachtet.

Als wir das Dorf erreichten, erwarteten uns Smail und mein Onkel Adib bereits. Djamschid saß mitten im großen Wohnzimmer auf einem bunten persischen Teppich neben meinem Großvater. Ich hatte ihn seit eineinhalb Jahren nicht mehr gesehen und hätte ihn nicht wiedererkannt. Aber Smail und ich bemerkten sogleich, dass die Folter, die ihn zu einem Schatten seiner selbst gemacht hatte, an seiner Überheblichkeit nichts geändert hatte. Die Gefangenschaft hatte ihn nicht gebrochen, sondern eher noch hochmütiger gemacht.

Hissam Khan, der das Oberhaupt der Sippe war, wandte sich an Smail und mich und sagte: »Die Baathisten haben meinem Sohn so viel Schmerz zugefügt, dass von ihm kaum mehr als eine körperlose Seele geblieben ist. Ihr müsst an seiner Seite bleiben, bis er ein wenig zugenommen hat und wieder fest auf beiden Beinen steht. Wenn er hinausgehen will, bindet ihn an euch fest, und an Tagen mit starkem Wind dürft ihr ihn keinesfalls losbinden. Besser wäre, wenn ihr ihn an solchen Tagen gar nicht hinauslasst. Zu euren Aufgaben gehört auch, seine Mahlzeiten und seine Gesundheit zu überwachen. Morgen werden wir Doktor Nagib Khan herbestellen, damit er ihn gründlich untersucht. Und du, Djamschid: Welche Nahrung auch immer dir Doktor Nagib verschreibt, du musst gehorchen und sie zu dir nehmen. Hier im Dorf habe ich die Familie Salih Hindi damit beauftragt, täglich für euch zu kochen und das Essen vorbeizubringen. Ihr dürft Djamschid auf keinen Fall in die Nähe von irakischen Armeeposten lassen. Wir müssen warten, bis die Regierung wieder eine Amnestie erlässt. Dann könnt ihr in die Stadt zurückkehren. Bis dahin dürft ihr euren Onkel nicht aus den Augen lassen.«

Er wies auf ein paar kurze, dicke Seile: »Im Freien müsst ihr in der Nähe eures Onkels bleiben, und ihr müsst beide, oder zumindest einer von euch, das um Djamschids Hüfte gebundene Seil fest in der Hand halten. Wenn erforderlich, müsst ihr das Seil zusätzlich um die eigene Hüfte schlingen, damit der Wind ihn nicht mitnimmt. Bei sehr starkem Wind müsst ihr ihn beide an zwei Seilen festhalten, damit er am Boden bleibt. Denn wer weiß, was passiert und wo er herunterfällt, wenn der Wind ihn noch einmal mitnimmt.«

Erst schwieg Djamschid verdrossen. Doch dann begann er, verächtlich den Kopf zu schütteln, und äffte halblaut einige Sätze und Worte von Hissam Khan nach.

Unsere Väter übergaben uns zwei lange Aufgabenlisten. Wir sollten nicht vergessen, wie sehr sie Djamschid liebten, schärften sie uns ein. Wenn ihm etwas zustieße, würden sie uns verstoßen, und Großvater würde uns mit Sicherheit unser Erbteil verweigern.

Als Smail und ich danach allein blieben, meinte Smail, diese Aufgabe sei viel reizvoller als der Schulbesuch. Für ihn, der Fremdsprachen lernen und in

Ruhe zu Hause lesen wollte, war das gewiss so. Beide hassten wir die Schule. Ich aber flanierte lieber und war hinter Frauen her. Die Stadt zu verlassen, fand ich schrecklich, denn nun war ich weit weg von all den Mädchen. Auch war ich oft ohne die Erlaubnis meines Vaters und meiner Verwandten heimlich ins Kino gegangen, um indische Filme anzusehen. Sie waren zu einem wichtigen Teil meines Lebens geworden. All dies musste ich aufgeben, um einer Person zu dienen, die ich nicht einmal leiden konnte. Für mich war diese Aufgabe kein bisschen reizvoll. Aber ich antwortete Smail nur mit einem Achselzucken. Ich konnte sowieso nichts daran ändern ...

Beim ersten Beisammensein mit Djamschid Khan saß ich ratlos da und starrte diesen spindeldürren Schwächling an. Er erzählte von seiner Gefangenschaft und was für Foltern er erduldet hatte, aber niemand auf der Welt könne aus ihm mit Gewalt etwas herausprügeln. Wir waren mitten im Gespräch, als ein Schneider hereinkam, um Maß an seinem ausgemergelten Körper zu nehmen. Von da an bis zu dem Tag der Rückkehr in die Stadt hatte er neben uns, seinen persönlichen Wächtern, auch einen Arzt und diesen Schneider zu seiner Verfügung. Herrisch teilte er uns mit, dass wir ihm alles, was er wolle und was sein Herz begehre, herbeischaffen müssten. Wir hätten ihm zu gehorchen, und seine privaten Geschichten dürften wir nicht in die Öffentlichkeit tragen. Ich dachte zunächst, er habe vielleicht im Sinn, hinter dem Rücken meines Großvaters seinen Kampf für den Kommunismus fortzusetzen, erkannte dann aber, dass er gar nicht daran dachte, sondern mit größtem Vergnügen den Kommunismus und alle Kommunisten verspottete.

Baranok war ein kleines Dörfchen, in dem etwa zehn Familien lebten. Als Smail und ich am ersten Abend Djamschid das Seil um die Hüfte schlangen und wir zu dritt den Weg zur Dorfmoschee einschlugen, um Wasser zu holen, hatte ich das Gefühl, dass es ihm sehr gefiel, im Dorf und in der freien Natur spazieren zu gehen. Nach seinem Abschied vom Kommunismus wünschte er, sich in die Natur zu vertiefen und sie zu begreifen. An jenem Tag wehte ein schwacher Wind, nicht stark genug, um ihn vom Boden abheben zu lassen. Er schritt freudig vor uns dahin: ein kleiner, fadendünner Mann, den zu bestaunen sich das ganze Dorf, Erwachsene und Kinder, versammelten. Die wenigen Alten, die sich sogar noch an die Geburt von Djamschids Vater erinnerten, kamen auf uns zu, um Djamschid willkommen zu heißen und um nach dem rätselhaften Seil zu fragen, dessen Ende ständig entweder in Smails oder in meiner Hand lag.

Von oben herab sagte er zu ihnen: »Dieses Seil dient dazu, uns während eines starken Windes am Davonfliegen zu hindern, denn sollte ein Wirbelsturm losbrechen, gedenken wir nicht, vom Wind verweht zu werden.«

Er mochte es nicht, sich unter einfache Leute zu mischen, deshalb durften wir erst in der folgenden Nacht wieder ins Freie. Im Schein des Mondes mussten wir einen kleinen Berg erklimmen. Ich merkte, dass ihm nach Fliegen zumute war. Still verharrte er auf der Kuppe, und ich war mir sicher, dass er auf Wind wartete. Aber außer einer sanften Brise rührte sich nichts. Bis spät in die Nacht mussten wir dort oben stehen. Er sagte kein Wort, sog nur die frische Luft tief in die Lunge, schaute in den Sternenhimmel und schien über etwas uns Unbekanntes nachzudenken.

Am nächsten Tag kam Doktor Nagib, um ihn zu untersuchen. Beim Eintreten blieb er wie vom Donner gerührt stehen. Was er sah, war für ihn unfassbar. Später nahm er Smail und mich beiseite und flüsterte uns zu, dass wir äußerst achtsam mit ihm umgehen müssten. Es sei gut möglich, dass er plötzlich Wutanfälle bekomme. Vielleicht neige er hin und wieder zu depressiven Stimmungen oder versuche, sich umzubringen. Der Doktor meinte auch, Djamschids Körpergewicht komme allein vom Schädel, der Rest sei so leicht, dass es medizinisch nicht erklärbar und gegen jede Logik sei. Er solle ausreichend fette Nahrung zu sich nehmen und sich wenig bewegen, bis er wieder zugelegt habe. Jedoch in den vielen Jahren, die ich dann an seiner Seite zubrachte, erwies sich, dass weder reichliches Essen noch irgendwelche Vergnügungen sein Gewicht normalisieren konnten.

Nachdem der Doktor gegangen war, machte sich Djamschid über ihn lustig und sagte, dass er gar nicht zunehmen wolle. Ihm sei nicht danach, auf Dauer am Boden zu bleiben. Die verschriebenen Medikamente nahm er nicht ein, sondern ließ sie jedes Mal, wenn er in die Dorfmoschee ging, in der Kanalisation verschwinden. Als wir dahinterkamen, befahl er uns, niemandem davon zu erzählen und ihn auch bei Großvater Hissam nicht zu verpetzen.

Smail und ich hatten vom ersten Tag an Respekt vor ihm. Obwohl wir größer und stärker waren, brachte uns ein einziger Blick von ihm dazu, in Windeseile zu gehorchen. Von Anfang an sagte er, wenn wir uns folgsam verhielten, würden wir es gut bei ihm haben.

Dass der Wind ihn wegwehen könnte, wollte ich zunächst nicht glauben. Ich sagte zu Smail, das sei nur eine Finte, um uns beide aus der Stadt zu schaffen. Unser ständiges Sitzenbleiben in der Schule drohte den Ruf der Familie zu gefährden. Smail widersprach: »Möglich ist höchstens, dass sie uns zwei für die nutzlosesten Mitglieder der Familie halten und uns darum diese Arbeit zugeteilt haben, weil sie einerseits wichtig und andererseits einfach ist.« Dann schaute er mich ein wenig betrübt an. »Es stört mich nicht, bis zum Tod für diesen halben Mann zu arbeiten, was nichts anderes von uns verlangt, als ihn am Seil zu halten. Aber ich habe kein gutes Gefühl bei der Sache. Irgendwie schwant mir, dass seinetwegen eines Tages eine Katastrophe über uns hereinbricht.« Auch ich war mir sicher, dass unser Leben so einfach und leicht nicht bleiben würde. Doch konnte ich zu jenem Zeitpunkt nicht wissen, was alles uns noch bevorstand.

Während der ersten Woche in Baranok rührte sich nicht ein Hauch, weshalb uns Djamschid nicht erlaubte, ihn an die Leine zu nehmen. Er ging frei vor uns her über Ackerland und Steppe, am Flussufer entlang und durch die Platanenhaine in der Umgebung. Er schien zu jener Zeit Blumen, Bäume und Früchte über alles zu verehren. Menschen interessierten ihn nicht. Doch Ende der zweiten Woche hörten wir die Bäume rauschen – Vorzeichen für einen starken Wind. Als dann in der Nacht der Wind stürmisch blies, befahl uns Djamschid, alle Seile aneinanderzuknoten und mit ihm rauszugehen. Smail und ich hatten anfänglich Angst und weigerten uns, da der Wind von Minute zu Minute zunahm, aber als draußen absolute Dunkelheit herrschte und alle Einwohner von Baranok längst schliefen, zwang er uns, ihm seinen Wunsch zu erfüllen. Widerwillig banden wir ihn an uns fest, hielten ihn bei den Händen, legten die restlichen Seile in einen großen alten Sack und verließen das Haus.

Seit seinem Flug aus dem Gefängnis war es das erste Mal, dass er sich bewusst dem Wind aussetzte.

Smail und ich, wir hatten zwei Taschenlampen, die wir, um die Batterien zu schonen, abwechselnd anknipsten. Wir gingen durch die Nacht bis zu der Hügelkuppe, die wir bei gutem Wetter schon ein paarmal angepeilt hatten. Dort blies der Wind so stark, dass er beinahe sogar Smail und mich weggeblasen hätte. Wir hielten Djamschid eng an den beiden Seilen, dazu fest an den Händen, damit der Wind ihn nicht packen und forttragen konnte. Doch dann befahl er: »Lockert die Seile!« Als wir uns weigerten, beruhigte er uns: »Habt keine Angst, seht ihr nicht, dass ich an euch festgebunden bin? Selbst wenn mich der Wind mitnehmen sollte, könnt ihr mich wieder herunter- ziehen.« In der Sekunde, in der wir seine Hände los- ließen, sahen wir zum ersten Mal, wie der Wind einen Menschen vom Boden hob. Ein Wimpernschlag, und Djamschid schwebte, als hätte er kein Gewicht, in der Luft. Da die Seile kurz waren, konnte er nicht hoch- steigen. Von oben befahl er uns, ihn wieder herun- terzuziehen, alle Seile, die wir mitgebracht hatten, zu verknoten, das eine Ende ihm und das andere Ende uns um die Hüften zu schlingen. Während Smail ihn festhielt, nahm ich alle Seile aus dem Sack, verkno- tete sie fest miteinander und umschlang ihn mit dem einen Ende. Und dann überließen wir Djamschid dem Wind. Dieses Mal stieg er sehr weit empor. In der Höhe begann er, wie ein Papierdrachen in der Luft zu schlingern. Wie ein Vogel, der eine Beute am Boden erspäht hat, drehte er dann hoch oben seine Kreise. Da wurde mir klar: Er genoss das Fliegen so sehr, dass er es niemals aufgeben würde. Fortan hatten wir unser Leben seinem Wunsch, die Erde von oben zu sehen, unterzuordnen.

Aus der Höhe rief er uns zu: »Welch ein Gefühl! Noch nie habe ich so etwas erlebt! Jetzt weiß ich, dass mir ein Leben bevorsteht, wie andere es nie haben wer- den. Ich werde erreichen, was kein anderer zustande bringt! Ich werde sehen, was kein anderer je erblicken wird!« Die Nacht war finster, wir sahen nichts. Aber der schwebende Djamschid Khan genoss genau diese Finsternis.

Sofort begann er zu üben: in der Luft die Balance zu halten, bei Windstößen die Kontrolle nicht zu verlieren, sich nicht im Seil zu verheddern und dabei zu verletzen. Als wir nach Hause zurückkehrten, wirkte er überglücklich. Er wusste nun, dass der Flug aus dem Gefängnis nicht der erste und letzte gewesen war und dass er gute Aussichten hatte, immer wieder zu fliegen und sich wie ein Vogel zu fühlen. Ich nehme an, dass ihm da bereits dämmerte, dass er in Zukunft auf uns angewiesen sein würde, da sein Leben an dem Seil hing, das Smail und ich festhielten. Nach diesem Flug änderte sich sein Benehmen, er behandelte uns nun zuvorkommend. Zumindest, soweit es ihm möglich war.

Auch die nächsten Tage waren windig. »Dieser Wind gibt mir eine gute Gelegenheit zu üben«, sagte er. »Denn ich muss zwei wichtige Dinge lernen: in der Luft sicher zu fliegen und am Boden sicher zu gehen. Beides ist gleich wichtig, denn es wäre eine Schande für mich und meine hochverehrte Familie, würde ich eines Tages vor aller Augen vom Wind verweht.«

Zu Beginn konnten wir mit den Seilen, die uns zur Verfügung standen, nicht recht umgehen. Tagsüber, unter den Augen der Dorfbewohner, waren die Seile, um Djamschid an uns zu binden, sehr kurz. Wir gingen zuweilen so eng nebeneinander, dass wir wie siamesische Drillinge aussahen. Das war notwendig, damit die Seile nicht allzu sehr auffielen. Wir nutzten jeden windigen Tag, um die Geh-Technik zu lernen. Und die windigen Nächte, um ihn, wenn er flog, zu lenken. Er gab uns den Auftrag, ihm aus der Stadt und aus dem benachbarten Iran verschiedene Arten von Seilen in unterschiedlichen Farben zu besorgen. Ihre Festigkeit und Elastizität zu erproben, wurde zu einem wichtigen Teil unserer Arbeit. Für jeden Übungsflug suchte er selbst Stärke und Farbe der Seile aus, und für Notfälle mussten wir immer mehrere als Reserve mitnehmen.

Smail verfolgte nebenbei seine eigenen Interessen und brachte sich in der freien Zeit Arabisch und Englisch bei. Damals ließ sich auch Djamschid zahlreiche Bücher schicken. Eines davon war *Die Entstehung der Arten* von Charles Darwin. In den Monaten, die wir in Baranok verbrachten, vertiefte er sich in dieses Buch. Bei seinem Flugtraining war ihm die Idee gekommen, in einer Gegentheorie darzulegen, dass der Mensch ursprünglich vom Vogel abstamme und nicht vom Affen, wie Darwin behauptete. Nachts öffneten wir heimlich Gräber auf dem Friedhof von Baranok, damit Djamschid die Gerippe mit den Geflügelknochen vergleichen konnte, die bei unseren Essen anfielen. Er stand in Briefverkehr mit einigen Biologielehrern in der Stadt und ließ sich Adressen von bekannten Professoren geben, die sich an der Universität von Bagdad mit den Ursprüngen der Menschheit beschäftigten. Die Antworten fielen allerdings enttäuschend aus. Die Kapazitäten waren sich einig, dass hinter solchen Behauptungen nichts anderes als die Halluzinationen eines Verrückten steckten.

Djamschids Theorie beruhte auf drei einfachen Grundsätzen, die er mit Smail durchsprach und verfeinerte. Der Mensch verehre deshalb einen Gott, der von oben herab die Dinge und Menschen betrachte, weil er selbst vor Zeiten fliegen konnte. Gott im Himmel sei nichts anderes als das Abbild einer Erinnerung an unsere fliegenden Ahnen. Den zweiten Grundsatz leitete er von Darwins Theorie ab, er besagte: Weil nur die Stärksten überleben, hätte der Mensch ohne Flügel unter all den Raubtieren nicht die geringste Überlebenschance gehabt. Und der dritte Grundsatz verwies auf ihn selbst: als lebenden Beweis dafür, dass unser Ursprung bei den geflügelten Wesen zu suchen sei.

Die Theorie meines Onkels schwächelte. Smail sagte: »Er hat es nicht geschafft, auch nur einen einzigen anatomischen Beleg dafür zu finden.« Dennoch spielte sie während unserer Zeit in Baranok eine bedeutende Rolle. »Wie schade, dass ich die englische Sprache nicht beherrsche und mich nicht gründlicher in die Wissenschaft vertiefen kann«, klagte er. »Warum zählen heutzutage nur Texte, die in einer europäischen Sprache verfasst sind? Weil unsere mittelöstlichen Sprachen nicht für die Wissenschaft taugen, sondern nur zum Lenken von Kamelen und zum Abrichten von Maultieren und Eseln.«

Trotz aller Anstrengungen machte seine Theorie keine Fortschritte, doch seine Flugtechnik verbesserte sich. Zudem lernten Smail und ich, ihn geschickter mit den Seilen zu lenken. Inzwischen erreichte er eine Höhe von ungefähr hundert Metern. Je höher er stieg, umso leichter wurde er, und umso einfacher wurde es, ihn zu lenken. Nach oben schien er keine Grenze zu kennen. Je höher er stieg, umso mehr genoss er das Fliegen und die eigene Einzigartigkeit.

Großvater Hissam Khan, mein Vater und Onkel Adib kamen extra aus der Stadt angereist, um es mit eigenen Augen zu sehen. Nächtens begleiteten sie uns zu unserem Flugplatz. Als vor ihnen Djamschid Khan emporschwebte und umherflog, zeichneten sich auf dem Gesicht meines Großvaters Freude und Verzweiflung zugleich ab. Er hatte nichts gegen Djamschids Fliegen, aber er befürchtete, es könnte ihm für immer den Weg in ein normales Leben verbauen.

Onkel Adib aber protestierte und bestand darauf, dass Djamschid auf keinen Fall am helllichten Tag seine Flugrunden am Himmel drehen dürfe. Ein fliegender Khan werde Schande über uns alle bringen und die Familie zum Gespött machen. Zudem verbreite diese Fliegerei Angst unter den Leuten, was zur Störung ihres Seelenfriedens und zu moralischen Problemen führe, die nie wieder ins Lot gebracht werden könnten: »Die Leute haben Ehefrauen und Töchter, niemand kann zulassen, dass jemand sie von oben beobachtet.«

Großvater Hissam schloss sich sogleich an und verbat Smail und mir, Djamschid Khan bei Tage fliegen zu lassen. »Dies wäre der letzte Fehler, den ihr in eurem Leben macht!«, drohte er.

Djamschid Khan nickte nur und versprach, uns nicht mehr zu zwingen, ihn bei Tageslicht aufsteigen und fliegen zu lassen.

Im Jahr 1980 erließ die herrschende Baath-Partei eine allgemeine Amnestie für alle ihre Gegner. Bald darauf tauchten Hissam Khan und mein Vater bei uns auf und sprachen lange Zeit hinter verschlossenen Türen mit Onkel Djamschid. Das war noch nicht vorgekommen. Nach einem stundenlangen Gespräch erschien Djamschid wieder, wirkte entmutigt und betrübt. Er gehörte nicht zu den Menschen, die längere Zeit an ein und demselben Ort bleiben können. Zwar hatten wir in Baranok ein leichtes Leben und verbrachten dort friedliche Monate, aber Onkel Djamschid hatte den Aufenthalt allmählich satt. Offenbar fand er es sinnlos, sein ganzes Leben in diesem abgeschiedenen Dorf zu verbringen.

Als Großvater Hissam sagte, Djamschid solle die vom Staat gewährte Amnestie nützen und sich stellen, reagierten Smail und ich nicht erfreut. In diesem vergessenen Winkel war das Leben mit Djamschid so viel einfacher als in der Stadt. Sofort hatte ich ein Bild vor

Augen: Arm in Arm spazieren wir drei mit Seilen aneinandergebunden durch die Straßen der Stadt. Welch ein Gerede würde entstehen, die Leute würden uns verhöhnen, sich bei unserem Anblick halb totlachen. Doch keiner wollte auf meine Bedenken hören. Großvater Hissam und Großmutter Piroz Khan wollten nur eins: dass sich ihr Sohn nicht mehr illegal in den Bergen versteckte. Der Familie gefiel die Vorstellung gar nicht, Djamschids wegen in Auseinandersetzungen mit dem Staat verwickelt zu werden.

Eines Morgens erschien Dawud Khan, ein Verwandter, von dem alle wussten, dass er Beziehungen zu hochrangigen Mitgliedern der Baath-Partei unterhielt. Er war in Begleitung meines Großvaters, und sie nahmen Djamschid mit, damit er sich rechtzeitig vor Ablauf der Frist stellen konnte. Am selben Tag brachte ein Wagen auch Smail und mich zurück in die Stadt.

Als ich zum Haus meines Großvaters kam, wirkte alles fremd auf mich. Die vielen Lichter und das Gewimmel der Stadt machten mir Angst. Es kam mir vor, als wäre ich für viele Jahre in der Wildnis gewesen. Der Junge, der da aus dem Wagen stieg und Hissam Khans Villa betrat, ähnelte in nichts mehr dem Jungen, der vor einigen Monaten die Stadt verlassen hatte.

Auf den Schlachtfeldern

Djamschid Khan sprach im Zentralbüro des Geheimdienstes vor. Dort wurde ihm mitgeteilt, dass er an die Armee überstellt und zum Militärdienst eingezogen werde. Djamschid, der ganz offensichtlich dienstuntauglich war, wurde zunächst in ein Militärkrankenhaus geschafft und untersucht. Zu jener Zeit tobte der große Iran-Irak-Krieg, und die riesigen Verluste zwangen die Ärztekommission dazu, auch behinderte, arm- und beinlose, halb blinde und geisteskranke Menschen haufenweise an die Front zu schicken. Das Motto der Baath-Ärzte lautete: »Tauglich oder nicht, im Krieg ist jeder ein Kämpfer und hat dem Präsidenten zu dienen!«

Immerhin war Djamschids körperlicher Zustand so rätselhaft und auffällig, dass die Ärzte sich veranlasst sahen, nachzuforschen, was es damit auf sich hatte. Als er sich auszog, registrierten die Ärzte, dass einige Partien dieses Körpers wie aus Papier waren und mit einer natürlichen, menschlichen Gestalt nichts gemein hatten. Um die Ärzte vollends von seiner Untauglichkeit zu überzeugen, erzählte er, dass ihn ständig der

Wind davontrüge. Die Baath-Ärzte schickten ihn in ein Speziallabor, um diese Aussage zu überprüfen, und diagnostizierten einen von der üblichen Anatomie völlig abweichenden Körperbau. Das hätte eigentlich genügen sollen, um ihn vom Militärdienst zu befreien, doch ganz im Gegenteil: Man erklärte ihn zu einer militärischen Waffe, die der Armee nützlich sein könne. Wie ich hörte, wurde der Fall dem Verteidigungsminister vorgelegt. Nach eingehendem Studium der Akte beschloss der, Djamschid höchstpersönlich in Augenschein zu nehmen.

So kam es, dass keine zwanzig Tage nach unserer Rückkehr aus Baranok Djamschid Khan zum Verteidigungsminister zitiert wurde, zu einem Gespräch unter vier Augen.

Hätte uns in Baranok ein Hellseher geweissagt, Djamschid würde vom Verteidigungsminister empfangen, wir wären vor Lachen in Ohnmacht gefallen.

Später erzählte uns Djamschid, dass die Ärzte, nachdem sie sich von seiner Flugfähigkeit überzeugt hatten, in einer geheimen Sitzung erklärt hätten, dass er nützlicher sein könnte als die Aufklärungsflugzeuge, die häufig vom feindlichen Radar entdeckt und abgefangen wurden.

Also ließ sich der Verteidigungsminister auf Militärgelände die Flugkünste meines Onkels vorführen. Danach empfing er Djamschid abermals und eröffnete ihm, dass er für sein Vaterland von großem Nutzen sein könne. Dem Onkel blieb nichts anderes übrig, als sich hocherfreut zu zeigen. Er wusste, der kleinste Fehler, jedes falsche Wort würde ihn sein Leben kosten. Um ja keinen Verdacht aufkommen zu lassen, verlangte er auf der Stelle nach einer Militäruniform und verkündete mit patriotisch erhobener Stimme: »Fürs Vaterland werde ich mein Bestes geben!«

Der Minister erteilte den Befehl, Djamschid umfassend zu betreuen, ihm die köstlichsten Gerichte zu servieren und ihm ein Zimmer im nobelsten Hotel zu buchen, um ihm den Aufenthalt in der Hauptstadt so angenehm wie möglich zu gestalten. Bevor der Verteidigungsminister ihn wieder entließ, fragte er Djamschid, ob er einen besonderen Wunsch habe, den ihm der Staat erfüllen solle. Djamschid fiel in diesem Moment außer Smail und mir nichts und niemand ein. So bat er den Minister, uns als seine Begleiter mit in den Krieg ziehen zu lassen. Nur wir zwei könnten seine Flüge präzise lenken. Mit unseren sechzehn Jahren waren wir noch nicht im wehrfähigen Alter. Dennoch wurden wir offiziell Djamschid zur Seite gestellt.

War es eigentlich fair von ihm, uns da hineinzuziehen und dem Kriegsgemetzel auszusetzen? Als ich ihn in einem der größten Militärstützpunkte bei Bagdad wiedersah, verflog diese Frage. Ich umarmte ihn herzlich: »Oh, mein lieber Onkel, wie sehr habe ich dich vermisst!«

Er saß auf einem hohen Bett und erhob sich, als er uns sah: »Seht, meine Neffen, wie das Leben mich hin und her schleudert. Nun bin ich tatsächlich nichts als ein Strohhalm im Wind.« Dies waren seine geflügelten Worte. Er wiederholte sie immer wieder, mit erhobenem Arm. Er sah sich als Stellvertreter aller Menschen, denen das Leben übel mitspielt.

Smail und ich erhielten ein eigenes Zimmer, das schlicht und nackt war. Jeder hatte sein Bett, einen Kleiderschrank und einen kleinen Tisch. Im Stützpunkt bekam Djamschid den Beinamen »der fliegende Kurde«. Eine Woche blieben wir dort, um unter der Aufsicht von Spezialisten des Verteidigungsministeriums zu trainieren. Morgens wurden wir mit einem Militärjeep an einen Ort gebracht, wo Wind blies. Djamschid Khan saß missmutig im Wagen und brummelte auf Kurdisch: »Schaut nur, Jungs, wohin uns das Elend geführt hat! Jetzt ist es so weit gekommen, dass wir nach Wind suchen.« Den arabischen Begleitern aber stellte er uns zwei umgehend vor, wie es sich gehört. (Er und Smail beherrschten beide Arabisch, nur ich nicht. Bis heute habe ich es nicht geschafft, mehr als ein paar arabische Wörter zu lernen.)

Sobald wir einen Ort mit Wind erreichten, mussten wir Djamschids Flüge vorführen. Bei unseren Übungen verwendeten wir endlos lange Seile, die sich, auf zwei riesige Spulen gerollt, auf einem Militärlastwagen befanden, der uns in Schritttempo folgte. In Baranok hatten wir von Seilen solcher Länge nur träumen können. Bei diesen Übungen in der Umgebung von Bagdad stieg Djamschid einige Kilometer hoch. Die

Flugübungen wurden in militärischem Sperrgebiet oder auf menschenleerem Gelände durchgeführt, aus Angst, Nachrichten von dieser Geheimwaffe könnten dem Feind zugetragen werden. Die Experten arbeiteten mit uns an der Technik, Djamschid präzise, auch gegen den Wind, zu lenken. Wir mussten unsere Technik verfeinern, damit er, gleich, aus welcher Richtung der Wind wehte, genau die vorgegebene Position erreichte. Mir und meinem Cousin Smail wurde bewusst, dass unsere Aufgabe am Boden nicht nur schwierig, sondern auch gefährlich war. Denn wir mussten uns jeweils weit hinter die feindlichen Linien begeben, wenn wir Djamschid auf die vorgegebene Position steuern wollten. Die Experten brachten meinem Onkel bei, mit ihnen über ein kleines Funkgerät zu kommunizieren, um Koordinaten anzugeben und Positionen auf der Karte zu bestimmen, sowie ein Nachtsichtgerät einzusetzen. Offensichtlich war mein Onkel ein kluger Mann, denn er nahm das, was ihm beigebracht wurde, unglaublich schnell auf. Alles, was er lernte, barg jedoch Risiken und Gefahren, auch wenn ich davon überzeugt bin, dass die arabischen Offiziere sich tatsächlich bemühten, Djamschid so zu trainieren, dass er nicht nur seine Mission erfüllen, sondern auch heil zurückkehren konnte.

Während unserer Trainingsphase informierte der Verteidigungsminister alle Generäle der irakischen Korps über diese neue Wunderwaffe. Djamschid wurde für die Armee derart wichtig, dass er nur bei entscheidenden Angriffen, bei sehr wichtigen Missionen und in großen Notlagen eingesetzt werden durfte. Jede Operation, an der Djamschid und wir beteiligt waren, musste von hochrangigen Offizieren geleitet und unbedingt geheimgehalten werden.

Nun begann ein neues Leben. Eines Nachts verstauten sie uns in einem Wagen mit käfigähnlichem Verschlag. Wir fuhren Richtung Süden. Bei Tagesanbruch erreichten wir einen uns unbekannten Ort. In der Ferne hörten wir das Grollen der irakischen und der iranischen Artillerie, die sich gegenseitig wie verrückt beschossen. Wir waren also an der Front.

Ein Offizier teilte uns mit, dass wir vom General erwartet würden. Der General war ein kleiner, runder Giftzwerg. Er hatte einen dicken, hängenden Oberlippenbart, der seinen gesamten Mund bedeckte. Mit übergeschlagenen Beinen saß er da. Er trug Militärstiefel aus braunem Leder. Die Sohle des einen Stiefels wies, eine gewollt unhöfliche Geste, in unsere Richtung. Mit einem verzierten Stöckchen klopfte er andauernd mit hektischer Handbewegung auf den anderen Stiefel. Ohne zu grüßen oder uns mit einem Lächeln seine Wertschätzung zu zeigen, erklärte er meinem Onkel mit herrischem Bass, dass vermutlich in der nächsten Nacht die iranischen Streitkräfte angreifen würden. Die Mittel, die ihm für die Aufklärung zur Verfügung stünden, seien gering, doch müsse er genau wissen, was die Iraner planten und vorbereitet hätten und welche Bataillone sie einsetzen würden.

Die Informationen, welche die Aufklärungsflugzeuge geliefert hätten, seien unklar und unzureichend, da die Iraner tagsüber stillhielten und ihre Verteidigungslinien nachts anlegten. Für die Disposition der eigenen Kräfte brauche er genauere Informationen. Djamschid müsse bei Anbruch der Nacht aufsteigen. Laut Wetterbericht sollte der Wind in der Nacht von Nordost auf Südwest drehen.

Mit dem Lastwagen für die Seilrollen und unserer Gruppe von Funkern fuhren wir einige Kilometer nach Süden. Wir erreichten den Bestimmungsort zum geplanten Zeitpunkt, und Smail und ich wickelten die Seile um Djamschids Hüfte. Mir kam es so vor, als weinte er in der Finsternis. Ich umarmte ihn: »Lieber Onkel, was hast du, warum weinst du?«

Er verbarg seine Tränen vor den arabischen Soldaten und sagte: »Mit meiner Hilfe werden viele Menschen getötet. Durch meine Unterstützung werden viele Kinder zu Waisenkindern. Vielen Müttern wird das Herz brechen, weil sie ihre Söhne verlieren. Ich wollte niemals an einem Krieg beteiligt sein.«

Smail erwiderte: »Onkel, du kennst die Spielregeln der Baath-Partei: Der leiseste Fehler und das geringste Anzeichen von Verrat genügen, und wir sind alle drei von Kugeln durchsiebt. Flieg lieber, ohne nachzudenken.« Smail hatte recht. Jede Torheit Djamschids konnte uns auf der Stelle vor das Hinrichtungskommando bringen, das sich in jedem Korps für Feiglinge und Verräter bereithielt.

Djamschid umarmte Smail: »Gott hatte mir bestimmt, über nichts nachzudenken. Doch soeben ist mir eine neue Aufgabe zuteilgeworden: Ich muss meine Memoiren schreiben und dazu beitragen, dass die kommenden Generationen im Iran und im Irak nicht mehr Krieg gegeneinander führen. Ich muss etwas schreiben, damit diese zwei Nationen Liebe füreinander empfinden. Denn wie kein anderer werde ich von oben die schmutzige Seite des Kriegs zu sehen bekommen.« Seine Worte erstaunten uns, sie ließen uns erstarren. Tatsächlich sollte Djamschid Khan von der Barbarei dieses Kriegs mehr als jeder andere miterleben.

Als der Wind in dieser Nacht zum vorausgesagten Zeitpunkt auf Südwest drehte, schickten Smail und ich unseren Onkel nach oben. Der Wind blies derart stark, dass er innerhalb kürzester Zeit wie ein schwarzer Drachen im Himmel verschwand. Bei unseren Nachtübungen hatte er immer kleine Lichter dabeigehabt, damit wir ihn orten konnten. Aber bei diesem Einsatz sollte er seine Position nur via Funkgerät, das an seinem schwarzen Helm angebracht war, durchgeben. Ich war mir sicher, dass der Wind meinen Onkel in die richtige Richtung wehte. Aber die Nacht war finster und seine Spezialkleidung asphaltschwarz, sodass ich nur spüren konnte, wie sich das Seil schnell mit stark ruckenden Bewegungen von der riesigen Rolle spulte und von Djamschid nordwärts gezogen wurde.

In den langen Kriegsnächten, in der Kälte des Winters und der tödlichen Hitze des Sommers wurde dieses Seil zur einzigen Verbindung mit Djamschid. Niemand wusste, was er alles zu sehen bekam und was er dabei fühlte. Doch das pulsierende Seil ließ uns spüren, dass er noch am Leben war. Und auch er wusste durch das Seil, dass wir, unsichtbar, unten auf ihn warteten.

Unsere erste Nachtmission wurde, militärisch gesehen, ein beispielloser Erfolg. Mein Onkel konnte alle iranischen Truppen samt Artillerie, die am nächsten Tag zum Einsatz kommen sollten, entdecken. Noch in der Nacht und auch den ganzen folgenden Tag über wurden die Stellungen, die er durchgegeben hatte, von der irakischen Artillerie und Flugwaffe beschossen. Damit war der Angriffsplan der Iraner vereitelt.

»Das Vaterland steht in deiner Schuld«, sagte der General und umarmte Djamschid gleich zwei Mal. Der Mythos vom fliegenden Kurden verbreitete sich in allen Einheiten der Armee. Die Iraner hielten diesen Mythos lange Zeit für typische Kriegspropaganda und nichts als Lüge.

In den folgenden Wochen und Monaten zogen wir von Schlachtfeld zu Schlachtfeld. Im Gegensatz zu den regulären Soldaten hatten wir nicht einen einzigen Tag frei. Pausenlos waren wir in unserem Spezialbus unterwegs. Wo die Gefahr am größten war, wo der Krieg am heftigsten tobte, kamen wir zum Einsatz. Unter uns bebte der Boden von den schweren

Geschützen, über uns brannte der Himmel. Dutzende Male standen wir im Feuerhagel beider Seiten. Nur wenn der Wind eine Pause einlegte, durften wir eine Nacht ausruhen.

In dieser Zeit heftigster Kämpfe wollte Djamschid unbedingt an Gewicht zulegen, um fluguntauglich zu werden. Er hoffte, die Armee würde dann auf seine Dienste verzichten und wir könnten uns aus dem Staub machen. Aber er konnte essen, soviel er wollte, und sich mit Süßigkeiten vollstopfen, er wurde kein Kilo schwerer. Offenbar würde er in alle Ewigkeit als gewichtlose Person weiterleben müssen.

In den gefährlichsten Phasen der Gefechte befürchtete ich immer, Djamschid würde von den Iranern gesichtet und abgeschossen. Oft beschwor ich ihn, es sei genug, er solle aufgeben, seine Augen schließen, sich vom Seil lösen und dem Wind übergeben, der ihn forttragen würde. Vielleicht hätte der Himmel ja Mitleid mit ihm, der Wind würde ihn in die Ferne mitnehmen, weit weg von diesen zwei blutigen Ländern. Aber das wollte er uns nicht antun. Er wusste genau, die Baathisten hätten Smail und mich umgehend erschossen.

Wir drei spielten in den großen Gefechten eine wichtige Rolle. Als die Iraker die iranische Stadt Chorramschahr überfielen, schwebte mein Onkel Tag und Nacht in der Luft. Ja, in manchen Gefechtsphasen war es notwendig, ihn sogar am helllichten Tag aufsteigen zu lassen, um die iranischen Positionen durchzugeben.

Irakische Experten ließen für meinen Onkel eine spezielle Kleidung anfertigen, deren Färbung sich den verschiedenen Tönen des Himmels anpasste, und durchsichtige Seile, die bei Tage kaum zu sehen waren.

Jedes Mal, wenn Djamschid auf den Boden zurückkam, schrieb er seine Erlebnisse in ein kleines Heft. Er sah die Zerstörung zahlreicher iranischer Städte. Er sah Tausende Leichen der beiden Armeen ineinander verknäult. Er wurde Augenzeuge der barbarischen irakischen Angriffe. Vor seinen Augen wurden Tausende Kriegsgefangene hingerichtet. Er war Zeuge, als alle Gassen Chorramschahrs in Brand gesteckt wurden. Er überflog die lichterloh brennenden Erdölfelder von Abadan.

Uns am Boden passierte in all den Gefechten nichts, obwohl iranische Geschosse immer wieder kreischend in unserer Nähe einschlugen. Nur ein einziges Mal wurde Smail leicht verletzt. Ich staunte selbst über die kühle Gleichgültigkeit, die uns drei in diesen Kriegstagen begleitete. Wir verhielten uns wie ein mobiles Einsatzteam, das anrückte, um technische Aufgaben zu erledigen, oder als würden wir uns um die Reparatur von Geschützen oder Panzern kümmern. Nirgendwo blieben wir lange. Manchmal war unsere Mission bei einer bestimmten Truppe noch gar nicht erfüllt, da wurden wir bereits zu einem anderen Ort gerufen. Die Schlachten wüteten ohne Pause, und ein Ende war nicht in Sicht. Es gab keinen einzigen Grenzabschnitt, an dem nicht mal die eine, dann die andere Armee versucht hätte, ins gegnerische Land einzufallen. Um weitermachen zu können, hatten wir drei jegliches Gefühl und jeden Gedanken in uns abgetötet. Smail und ich waren manchmal so erschöpft, dass wir, während Djamschid flog, unten am Boden einschliefen. Mit der Zeit war das Seil nicht mehr seelenlos und tot, sondern es übermittelte uns Gefühle, Ängste und Bedürfnisse. An der Art, wie wir das Seil hielten, spürte er, dass wir eingeschlafen waren, und er spannte es und zog daran, bis wir aufwachten. Und wenn er einmal hoch oben eingeschlafen war, rüttelten wir so heftig am Seil, dass er aufwachte. Gefährlich wurde es, wenn er oben und wir unten gleichzeitig schliefen, so lange, bis wir durch eine Explosion oder Schüsse geweckt wurden. Wenn sich aber die Gefechte ein wenig beruhigten und es still wurde an der Front, schliefen wir tief und sorglos durch.

Einmal allerdings ging die Sonne auf, als Djamschid und wir schliefen. Und der Onkel wurde von den Iranern gesichtet. Er erwachte als Erster und rüttelte mit aller Kraft am Seil. Wir zogen ihn mit rasender Geschwindigkeit herunter. Er berichtete, dass Hunderte iranische Soldaten und Offiziere zu ihm aufgeschaut, voller Verehrung »Gott ist groß« gerufen und ihm gehuldigt hätten. Ganz offensichtlich hatten sie die Mission des fliegenden Djamschid Khan falsch verstanden.

Während ringsum der Krieg tobte und die Granaten einschlugen, paukte Smail englische Vokabeln.

Ungerührt hing sein Kopf über dem Cambridge- und dem Al-Mawrid-Wörterbuch. Sogar in ruhigen Nächten, wenn Djamschid zu einem Aufklärungsflug aufstieg und sich dem Wind überließ, stand Smail neben den riesigen Rollen, das Seil um eine Hand gewickelt, und in der anderen das Wörterbuch. Als er beide von vorn bis hinten auswendig konnte, begann er, englische Romane zu lesen. Des Nachts im Bus erzählte er uns die Geschichten von *Jane Eyre*, *Lord Jim* und *Martin Eden*.

Ich dagegen tat in all den Jahren nur das eine: Ich schaute in den Himmel. Bei Tag und bei Nacht war mein Blick auf der Suche nach Djamschids Spur. Selbst wenn er neben mir stand, konnte ich meinen Blick kaum senken, als suchte ich etwas, von dem ich selbst nicht wusste, was es war. In jenen Jahren hat gewiss niemand auf dieser weiten Welt so beharrlich seinen Kopf zum Himmel gehoben und sich in der grenzenlosen Weite verloren wie ich. Als Djamschid mich immer öfter in diesem Zustand sah, sagte er: »Siehst du die Leere? Schau gut hin, mein lieber Neffe. Das ist die Leere, in der dein unglücklicher Onkel ständig schwimmt. Sie ist der wahre Spiegel unseres sinnlosen Lebens.«

Wie besessen schrieb er die Berichte über die erlebten Gefechte in sein Heft. Er war überzeugt, dass Smail nach Kriegsende seine Aufzeichnungen ins Englische übersetzen und einen Verlag dafür finden würde. Jeden Tag begann sein Eintrag mit den immer gleichen Worten: »Ich bin Djamschid Khan, Sohn von Hissam Khan, Sohn von Zulfikar, die Prinzen von Zand sind meine Urväter. Heute habe ich Folgendes vom Himmel aus am Boden gesehen.« Und an den Tagen, an denen Djamschid nicht fliegen musste, schrieb er unser Leben am Boden nieder. So entstand sein Tagebuch. So wie ich die krankhafte Obsession entwickelte, vom Boden aus in den Himmel zu starren, befiel ihn der Drang, die Dinge auf der Erde von oben zu sehen, auch wenn er sich am Boden befand.

Die Aufzeichnungen meines Onkels brachten mich jedes Mal zum Weinen. Ja, auch Smail und ich hatten den Krieg erlebt, die zerstückelten Leichen in den Schützengräben, die minenübersäten Felder, verbrannte und verwüstete Dörfer und Städte gesehen. Aber Djamschids Berichte waren niederschmetternd, sie ließen mich den Schmerz spüren. Er beschrieb die endlosen Kolonnen gefangener Soldaten, die versprengten Truppenverbände, die brennende Steppe, Äcker, Schilf und Palmenhaine im Flammenmeer. Sein Blick reichte bis an den Horizont. Smail hatte dafür aus seinem Lexikon ein Wort: »Panoramablick«. Dazu bemerkte Djamschid lächelnd: »Ich sehe die Dinge, wie Gott sie sieht.«

Auch seine eigenen Ängste schrieb er nieder. Dass er hin und wieder einschlief, war nicht das Gefährlichste. Wenn aber der Wind abrupt abflaute, wenn es rund um ihn still wurde, alles Leben plötzlich zu erstarren schien und nicht die leiseste Brise mehr zu spüren war, fiel er wie ein angeschossener Vogel vom Himmel. Ich fürchtete dann jedes Mal, er würde den Iranern direkt in den Schoß fallen. Einmal geschah es tatsächlich: Er fiel herunter, und wir zogen aus Leibeskräften an den Seilen, um ihn nicht in den iranischen Schützengräben landen zu lassen. In der Finsternis folgte ich kriechend dem Seil und fand ihn nach einer Stunde verletzt und bewusstlos ganz nah an einer iranischen Stellung. Unser Glück war, dass er nicht in einem Minenfeld vor dem Stacheldraht oder direkt neben einem Wachposten aufgeschlagen war. Ich hob den Bewusstlosen auf und schleppte ihn hinter unsere Linien. Nur zwei Ärzte in der irakischen Armee durften ihn untersuchen, denn der Geheimdienst wollte, dass der Mythos des fliegenden Kurden, dieses Phantoms zwischen Gerücht und Wahrheit, möglichst lange intakt blieb. Djamschid wurde ins Lazarett gebracht, aber die Künste der beiden irakischen Ärzte reichten nicht aus, weswegen zwei russische Ärzte beauftragt wurden, ihn zu untersuchen. Mein Onkel hatte sich am Kopf verletzt. Einen solchen Menschen ohne Gewicht hatten die Russen noch nie gesehen. Sie meinten, einige Organe seien einfach vertrocknet. Offenbar wollte Djamschids Körper mit so wenigen Organen wie möglich, mit geringster Energie, einem Minimum an Atmung und Verdauung überleben. Als Smail den Russen seine gesamte Geschichte erzählt hatte, schüttelten sie den Kopf und sagten: »In der Haft war sein Körper wie ein Schiff, das zu sinken droht und dessen Kapitän allen überflüssigen Ballast über Bord wirft, damit es flott bleibt. In der Gefahr hat sein Leib alle überflüssigen Lasten abgeworfen und nur die wichtigsten Organe gerettet, sodass er atmen und überleben konnte.«

Drei Wochen lang lag er im Koma. Tag und Nacht wurde er von den russischen Ärzten überwacht, die meinten, sein schmächtiger Körper brauche besonders lange, um sich zu erholen. In dieser Zeit bekamen wir zum ersten Mal Urlaub, und mein Großvater, mein Vater und mein Onkel durften zu Besuch kommen. Bis dahin hatten sie nur hin und wieder Nachricht erhalten, wir seien noch am Leben, aber unser Einsatz gestatte keinen Urlaub. Sechs Monate lang waren sie ohne ein persönliches Lebenszeichen von uns geblieben. Sie hielten die amtlichen Mitteilungen für ein Hinhaltemanöver, um sie mit der Nachricht von unserem Tod noch etwas zu verschonen. Überzeugt, dass wir gefallen wären, hatten sie es für angebracht gehalten, eine Trauerfeier für uns drei abzuhalten.

Als die drei dann vor uns standen, erkannten sie uns kaum wieder. Mit sechzehn hatte ich den Dienst angetreten, nun war ich achtzehn. Kälte und Hitze hatten unsere Haut verbrannt. Staub und Sand ließen uns wie arabische Landstreicher aussehen, die sich in der Wüste verirrt haben. Ich hatte mir einen Schnurrbart wachsen lassen, trug eine schwarze Sonnenbrille und schaute fortwährend zum Himmel auf. Großvater Hissam umarmte uns und brach in Tränen aus.

Niemand hatte ihn je weinen gesehen, zum ersten Mal in seinem Leben vergoss er öffentlich Tränen. Mein Vater drückte mich fest an sich und beteuerte, wie glücklich er sei, einen so tapferen und treuen Sohn zu haben. Wir wurden freigestellt und fuhren für eine Woche nach Bagdad. Alle Frauen der Familie waren aus dem Norden in die Hauptstadt gekommen, um uns Verschollene wiederzusehen. Für ein paar Tage waren Smail und ich mit unseren Familien vereint.

Nach drei Wochen im Koma öffnete Djamschid eines Abends die Augen und fing an, im Flüsterton zu uns zu sprechen. Zu Beginn bemerkte ich keine tiefgreifende Veränderung an ihm, aber bald stellte sich heraus, dass er so, wie er nach seinem ersten Absturz vergessen hatte, dass er Kommunist gewesen war, diesmal vergessen hatte, dass er Tagebuch geführt hatte. Wenn er die Hefte aufschlug, war es so, als würde er die Berichte einer fremden Person lesen, und es lag dann immer ein seltsames Grinsen auf seinem Gesicht. Er spottete über jedes Wort, das er einmal ernst und mit Anteilnahme hingeschrieben hatte.

Zwei Monate waren seit dem letzten Flug vergangen, als ein Team vom militärischen Geheimdienst kam und Onkel Djamschid aufforderte, die Arbeit wieder aufzunehmen. Sie brachten uns an einen Ort mit starkem Wind. Mit geübten Griffen legten wir ihm die Seile an, richteten ihn aus, und er hob ab. Er genoss seinen Flug so, als flöge er zum ersten Mal.

Unsere Einsätze gingen wieder los. Die Iraner verfolgten eine neue Strategie, um die Gebiete zurückzuerobern, die von der irakischen Armee besetzt worden waren. Wir befanden uns stets an vorderster Front. Der iranische Angriff war von einer derartigen Wucht, dass die Informationen meines Onkels nicht viel nützten. Die Front brach zusammen, die Iraner eroberten Chorramschahr zurück. Die irakischen Kommandeure ordneten den Rückzug an. Für viele bedeutete dies das Todesurteil. Der Präsident richtete eigenhändig Dutzende hochrangige Offiziere hin. Auch wir standen auf der Liste derer, die vor ein Militärtribunal gestellt werden sollten, aber früh genug griff eine einflussreiche Person ein, stellte Djamschids Bedeutung heraus und setzte sich dafür ein, dass die Anklage gegen uns fallen gelassen wurde. Man forderte uns auf, unsere Pflicht auch weiterhin treu und gewissenhaft zu erfüllen. Wir kehrten an die Front zurück.

Drei Monate später beendete ein Unglück unsere Dreisamkeit. Eines Nachts sollten wir vom Gouvernement Wasit aus eine Aktion auf iranischem Boden durchführen. Der Befehl lautete, mithilfe eines Stoßtrupps hinter die Verteidigungslinien des Feindes vorzudringen. Wir konnten nicht ahnen, dass die Iraner von unserem Kommen wussten. Die vordersten Wachposten hatten uns bereits gesichtet, sie ließen uns näherrücken. Unbesorgt legten wir Djamschid die Seile wie vorgeschrieben an, und geduldig stieg er auf. Kurz bevor er seine übliche Höhe erreicht hatte, gingen die Iraner mit Granatwerfern und Maschinengewehrsalven auf uns los. Smail und ich warfen uns zu Boden und blieben liegen, bis Abu Ayoub, der Kommandeur der Patrouille, uns das Seil aus der Hand riss, uns am Arm packte und brüllte, wir sollten weiterrobben. Smail, Abu Ayoub und ich robbten also, während die Iraner pausenlos auf uns feuerten. Ich sah, wie eine Granate die Rolle traf und das Seil zerfetzte, das Djamschid am Boden verankerte. Mitten im Geschosshagel hob ich meinen Kopf, konnte ihn aber nicht entdecken. Sicher hatte ihn der Wind nach Osten, über die Grenze geweht. Ich sah die Schatten der Iraner, die sich schießend unserem Lastwagen näherten. Plötzlich stand Abu Ayoub auf, ohne auf seine Deckung zu achten. Er stieß Smail und mich einen Hang hinunter, rannte dann hinter uns her und brüllte: »Lauft um euer Leben!« So rannten wir drei durch die Nacht. Ich schaute nach oben und suchte den Schatten von Djamschid Khan, aber außer Sternen, die traurig leuchteten, erblickten meine Augen nichts. Nur Abu Ayoub, Smail und ich kehrten zu dem Verteidigungsposten zurück. Djamschid entführte der Wind in Richtung Iran. Von den Soldaten der Patrouille überlebte keiner.

Mehr als zwei Jahre hörten wir nichts von ihm. Sein Verschwinden war der härteste Schlag, den Smail und ich in diesem Krieg hinzunehmen hatten. Wir wurden getrennt und zu zwei unterschiedlichen Militärstützpunkten geschickt. Die Armee hatte ja keinen

Grund mehr, uns beieinander zu lassen. Ich wurde in die Wüste zu einem kleinen Checkpoint an der Grenze zu Saudi-Arabien versetzt, den wahrscheinlich in hundert Jahren kein Mensch passieren würde. Smail wurde in die Berge abkommandiert. Wir umarmten uns, trennten uns wie Brüder und sahen einander lange Zeit nicht mehr.

An der Grenze hatte ich nichts anderes zu tun, als in den Himmel zu starren. Mit mir waren noch vier weitere Soldaten dort stationiert, und jede Woche bekam einer von uns frei, um nach Hause zu fahren. Ich beobachtete den Himmel Tag und Nacht und wartete darauf, dass der Wind Djamschid Khan aus irgendeiner Ecke der Welt hierher in die Wüste wehen würde. Manchmal halluzinierte ich und sah seinen Schatten in der Luft. Aber dann schüttelte ich mich und sagte mir: »Sieh doch genau hin, Mensch, sieh genau hin.« Dann löste das Wunschbild sich auf, und der weite Himmel war wieder leer.

Meinen ersten Heimaturlaub im Norden bekam ich vor Smail, und ich berichtete den Verwandten vom tragischen Verlust Djamschids. Wobei es mir vorkam, als wäre er für die meisten Verwandten und Bekannten längst schon gestorben.

Nach sechs Monaten in der Wüste ergriff ich die Flucht. Um nicht in die Hände einer dieser Spezialeinheiten zu fallen, die nach Deserteuren suchten, schlug ich mich in Richtung der Berge durch und kehrte nach Baranok zurück.

Versteckt in Baranok

Außer mir und ein paar Deserteuren lebte in Baranok niemand mehr. Das Dorf war von der Regierung offiziell für unbewohnt erklärt worden. Wenn die irakischen Hubschrauber es überflogen, wirkte es tot, sodass die Piloten ihm keine Aufmerksamkeit schenkten. Tagsüber gingen wir nicht ins Freie, und wenn wir uns im Dorf unsicher fühlten, verzogen wir uns in die umliegenden Berge mit ihren Wäldern und Höhlen, um uns dort zu verstecken. Ich hatte ständig ein Fernglas bei mir, mit dem ich den Himmel nach Djamschid absuchte. Überall hielt ich nach meinem Onkel Ausschau. Aber außer den Kondensstreifen der Kampfflugzeuge, Hubschraubern und einigen Vogelschwärmen war der Himmel leer.

Doch eines Mittags war er wieder da. Vor dem Haus, auf einem ausgemergelten Maultier sitzend, eingewickelt in eine dicke Decke, die Beine fest an den Bauch des Maultiers gebunden, damit der Wind ihn nicht entführen konnte. Er wirkte noch bleicher, noch leichter als früher. Als er mich sah, hielt er mich zuerst für ein Trugbild in seinem armen Kopf. Erst als er mein Gesicht, meinen Körper und mein Fernglas betastet hatte, wusste er, dass ich es wirklich war. Stumm schloss er die Augen und fiel ohnmächtig zur Seite. Seine lange Reise durch den Iran hatte ihn völlig erschöpft. Ich löste die Verschnürung seiner Beine, nahm ihn wie ein Kind samt Decke vom Maultier herunter und trug ihn auf den Armen ins Haus. Ich zündete meinen kleinen japanischen Petroleumofen an und kochte ihm etwas zu essen.

In der Abenddämmerung kam er wieder zu sich. Er öffnete seine Augen und sagte: »Salar Khan, im Iran habe ich die ganze Zeit gedacht, du wärest tot.«

Warum sprach er mich so an? Salar Khan hatte er mich noch nie genannt. Bevor ich nachfragen konnte, fuhr er fort und erzählte mir in knappen Worten, was ihm seit unserer Trennung widerfahren war. Er war an seinem ungesicherten Seil über uns in den Nachthimmel gestiegen. Als er in der Höhe einen wuchtigen Windstoß spürte, kappte er das Seil, und der Wind trug ihn Hunderte Kilometer in den Iran hinein und ließ ihn in einem Obstgarten in der Nähe Isfahans landen. In den letzten Wochen, auf einer Irrfahrt, die ihn durch mehrere iranische Städte führte, schlug er sich durch bis zur Grenze. Von dort kehrte er mithilfe eines iranischen Maultiertreibers auf dessen ausgemergeltem Tier in unser Dorf zurück.

Anfang und Ende von Onkel Djamschids Erlebnissen im Iran hörte ich aus seinem eigenen Mund. Den Rest, den er offenbar bei seinem Absturz vergessen hatte, erfuhr ich später in der Türkei, als wir jenem iranischen Fahrer begegneten, der Djamschid von einem Schlachtfeld zum nächsten befördert hatte. Er staunte nicht schlecht, als er sah, wie Onkel Djamschid sich verändert hatte. Ausführlich schilderte er mir, wie die Iraner Djamschid im Krieg eingesetzt hatten. »Er wurde nicht hingerichtet, denn ein toter Djamschid Khan hätte ihnen nichts genützt«, erzählte er. »Sie setzten ihn in der Truppenbetreuung ein zur Anfeuerung der Streitkräfte. Als Imam verkleidet ließen sie ihn in die Höhe steigen. Soldaten und Revolutionsgardisten riefen sich zu: Seht euch das an! Das ist die Seele des heiligen Imam Husain, der von oben über uns wacht.«

Ganz offensichtlich hatte der letzte Absturz über Isfahan einen großen Teil seiner Erinnerungen an den Krieg ausgelöscht. Und auch sein Charakter hatte sich seit dem Absturz bei Isfahan verändert. Er fürchtete sich vor dem Wind und vor der Weite des Himmels.

Vor seiner Ankunft in Baranok hatte ich manchmal, an einem Lagerfeuer, den anderen Deserteuren Geschichten von Djamschid Khan erzählt. Sie hatten mir allerdings nicht glauben wollen. Nun sahen sie die abgezehrte Gestalt unter wärmenden Decken im Bett liegen und wunderten sich über dieses spindeldürre Männlein, das eine panische Angst vor dem Wind hatte und den Himmel nur noch durch das kleine Fenster des Lehmhauses betrachten wollte.

Ich wollte meinem Großvater die Nachricht von Djamschids Rückkehr zukommen lassen, doch der

Krieg mit seinen Sperrzonen und die verheerenden Massenmorde, zu denen es auf Betreiben der Baath-Partei gekommen war, hatten die Kommunikation zwischen den bedrohten Bergdörfern und den Städten unterbrochen. Unsere Lebensmittel gingen zur Neige, aber ich war nicht bereit, zum Militär zurückzukehren. Jedes Mal, wenn ich mit Djamschid darüber sprach, überfielen ihn panische Krämpfe. Nie wieder wollte er gezwungen sein, aufzusteigen und zu fliegen.

In nahe gelegenen Höhlen richtete ich Verstecke ein. Ich wollte nicht ohne Vorräte dastehen, sollte plötzlich etwas Unvorhergesehenes geschehen. Nachts, wenn alle schliefen, zog ich los zu den Äckern und Plantagen der verlassenen Nachbardörfer. Bis die ersten Sonnenstrahlen mich wieder heimtrieben, erntete ich Haselnüsse, Trauben, Feigen und Pfirsiche. Ich sammelte, was mir in die Hände fiel, und trug alles in einem großen Korb ins Dorf. Ich trocknete Früchte für den kommenden Winter. Manchmal nahm ich all meinen Mut zusammen und machte mich auf zu den weiter entfernten Dörfern, deren Bewohner mit Gewalt umgesiedelt und deren Häuser dem Erdboden gleichgemacht worden waren. Dort, in den Trümmern, fand ich Reis, Zucker und Tee. Ich verstaute alles in einen Sack, warf ihn mir über die Schulter und brachte die Beute in den verschiedenen Verstecken unter, wo ich sie, gesichert gegen Staub und Feuchtigkeit, einlagerte. Drei Monate lang war ich damit beschäftigt, Lebensmittelvorräte anzulegen. Ich ahnte, dass wir in den Bergen lange Zeit nur auf uns gestellt sein würden.

Als der Winter nahte, waren wir nur noch zu dritt, Djamschid Khan, ich und ein junger Deserteur, der Arsalan Schamil hieß. Er konnte nicht in die Stadt zurück, weil er sich mit seinem Vater überworfen hatte. Eines Abends setzte ich mich mit ihm zusammen und erklärte ihm, dass die Streitkräfte des Regimes vermutlich erneut in unsere Nähe vorrücken würden und dass wir darauf vorbereitet sein müssten, versteckt zu überleben. Ich gestand ihm auch, dass Onkel Djamschid und ich weder in eine der irakischen Städte noch in den Iran gehen konnten, denn er wurde in beiden Ländern gesucht. Ich empfahl ihm, in den Iran zu gehen, denn das Leben in den Bergen sei schwer, und uns stünde ein harter Winter bevor. Trotz allem wollte Arsalan lieber bei uns bleiben. Er hatte große Angst vor der Zukunft und fürchtete, allein werde er nicht überleben. Ich nahm ihn dann mit auf meine nächtlichen Streifzüge zu den zerstörten Dörfern. Aus den Trümmern bargen wir alte, noch brauchbare Decken und Matratzen und brachten sie in unsere Höhlenverstecke.

Djamschid war in dieser Zeit schweigsam. Er wirkte bedrückt. An seine Vergangenheit schien er sich kaum zu erinnern. Manchmal ließ ich im Gespräch mit ihm den Namen »Smail« fallen. Dann schaute er mich mit seinen müden Augen an und fragte: »Wer ist Smail?«

Weil mir schien, dass er dringend frische Luft und Bewegung brauchte, trug ich ihn an windstillen Tagen ins Freie und setzte ihn in die Sonne. Oder Arsalan und ich banden ihn an uns fest, und wir streiften mit ihm durch den Wald und an Bächen entlang, in der Hoffnung, dass etwas von seiner verlorenen Kraft zurückkehren würde. Doch seine Angst vor dem Wind war unbeschreiblich. Die kleinste Brise brachte ihn zum Schreien, und es steckte ein solches Entsetzen in ihm, dass ich ihn schnell wieder ins Haus tragen musste. Wenn es windig war, traute er sich nicht einmal ans Fenster. Sogar im Zimmer beunruhigte ihn das Pfeifen des Windes ums Haus. Er litt unter der Wahnvorstellung, Irak und Iran hätten Sonderkommandos damit beauftragt, ihn aufzuspüren.

Im Lauf der Zeit gelang es mir aber, seine Angst vor dem Wind zu besänftigen. Noch immer fürchtete er sich vor Donner und Blitz, aber ich stand ihm bei, und manchmal ging ich mit ihm hinaus in den Regen.

Den ganzen harten Winter hindurch waren wir von der Außenwelt abgeschnitten. Manchmal überließ ich Djamschid Arsalan und streifte ziellos umher. Gern hätte ich ein Radio aufgetrieben, um etwas über die Welt da draußen zu erfahren und mitzubekommen, was jenseits unserer Bergeinsamkeit passierte. Zwar fand ich zwei Radios in den Ruinen, aber ohne Batterien. Im Umkreis von fünfzig Kilometern gab es keinen bewohnten Ort. Dafür waren die Streitkräfte überall. Die Baathisten setzten alles daran, die Bauern aus den Bergen zu vertreiben. Ich beobachtete durchs Fernglas, wie die arabischen Soldaten Dörfer verwüsteten und die Bewohner zwangen, sich weit entfernt in der Ebene niederzulassen. Am wichtigsten war mir, meinem Vater oder Hissam Khan ein Lebenszeichen zu schicken, sie sollten erfahren, dass Djamschid zurückgekehrt war und wir noch lebten. Sicher würden sie uns mit Medikamenten und Nahrung versorgen. Doch bei meinen Erkundungsgängen lief mir kein einziger Mensch über den Weg, dem ich einen Brief hätte anvertrauen können. Ich bewegte mich mit größter Vorsicht, denn der kleinste Fehler konnte zu unserer Verhaftung und unserem Untergang führen.

Als der erste Schnee fiel, musste ich alles daransetzen, uns in Sicherheit zu bringen. An der Front herrschte offenbar Waffenruhe, denn irakische Soldaten durchstreiften die Gegend. Hin und wieder konnten wir beobachten, wie kleine Trupps auf den umliegenden Äckern herumstapften. Manchmal drückte ich das Fernglas meinem Onkel in die Hand und sagte: »Schau, Onkel! Sieh dir die Soldaten an, die da im Schnee auf Kaninchenjagd gehen.« Er wagte es nicht, arabische Soldaten auch nur durchs Fernglas zu beobachten. Tausend Ängste quälten ihn. Wenn ich es schaffte, eine davon zu mildern, überfiel ihn dafür eine andere. Zuweilen hatte er sogar Angst vor Wasser und wollte sich nicht waschen. Eine Zeit lang traute er sich nicht, durch den Schnee zu gehen. In manchen Nächten weckte er mich, weil er Stimmen hörte, die nicht existierten, Tiger entdeckte, die uns angriffen, oder Schlangen, die er auf den Deckenbalken herumkriechen sah. Jede Nacht musste ich, obwohl Winter war, sein Bett nach Skorpionen absuchen.

Arsalan und mein Onkel verbrachten die Wintertage, indem sie Domino spielten. Das war das Einzige, was Djamschid glücklich machte und wach hielt. Ihn trieb ein kindliches Verlangen zu gewinnen. Da ich kein brillanter Spieler war, gewann er mit Leichtigkeit gegen mich, aber gegen Arsalan, der auch gern gewann, konnte er sich nicht so einfach durchsetzen. In seinen Spielen mit den anderen Deserteuren hatte er die Regeln und Strategien verinnerlicht. Wenn der Onkel gegen Arsalan gewann, konnte er nachts besser schlafen und weckte mich nicht auf. Also sorgte ich dafür, dass Arsalan die letzte Runde vor dem Schlafengehen verlor. So konnte ich ohne Störung durchschlafen.

Als der Frühling nahte, wurden die Soldaten, die auf einigen fern gelegenen Berggipfeln stationiert worden waren, wieder in Richtung Süden abgezogen. Also stromerte ich erneut durch die umliegenden Orte. Eines Abends schlich ich mich bis in eines der Lager, die für die aus ihren Dörfern vertriebenen Bauern eingerichtet worden waren. In einem Laden kaufte ich Seife, ein paar Kilo Reis und Tee. Damit der Ladenbesitzer keinen Verdacht schöpfte, gab ich mich für einen Bauarbeiter aus, der aus der Stadt herbestellt worden sei, um ein Privathaus auszubauen. Insgesamt dreimal ging ich auf diese Weise einkaufen.

Wir hatten Mandeln, verschiedene Kräuter, Brunnenkresse, Portulak, Malvenblüten und Minze. Hunger leiden mussten wir nicht. Ein besonderer Leckerbissen waren Pilze, die wir im Wald fanden. Abgesehen von einem Donnern, das Djamschid Khan in Panik versetzte, gab es kaum bedrohliche Ereignisse. An vielen Tagen trug ich ihn auf die nahe gelegenen Anhöhen, wo ich ihn an mir festband und wir gemeinsam in die Weite schauten. Vielleicht konnte das ja seine Lust am Fliegen neu erwecken. Die panische Angst vor dem Himmel hatte nachgelassen, aber nach wie vor traute er sich nicht, abzuheben.

An einem windstillen Tag gab ich ihm mehr Seil, um herauszufinden, ob er es schaffte, an einer exponierten Stelle allein zu stehen. Als er es bemerkte, schrie er wie ein Kaninchen, das geschlachtet werden soll. Sein Gesicht wurde bleich, er fiel beinah in Ohnmacht. Schnell zog ich das Seil wieder an und band es mir um die Hüfte. Der Vorfall erschütterte sein Vertrauen in mich. Noch Tage später warf er mir mit anklagender Stimme vor, ich wolle ihn umbringen. Er weinte: »Ich Unglückseliger habe niemanden auf dieser Erde!« Klagend hob er seine Hände: »Wenn ich jetzt zu Hissam Khan zurückkehre, liefert er mich bestimmt an die Regierung aus. O Gott, weshalb hat ein armseliger Mensch wie ich keinen Platz auf dieser Erde? Warum habe ich keinen treuen Menschen an meiner Seite?«

Seine Worte verletzten mich. Hatte ich nicht den

größten Teil meiner Jugend an seiner Seite verbracht? War ich nicht derjenige, der sich Tag und Nacht um ihn kümmerte und ihn beschützte? Übernommen hatte ich diese Aufgabe zwar auf Befehl meines Vaters, doch längst hatte ich Djamschid ins Herz geschlossen und blieb aus freien Stücken bei ihm. Der Onkel aber schrie mich an: »Warum dankst du mir nicht? Ohne mich hätte die Armee dich schon längst namenlos in einer Grube verscharrt. Oder die Iraner hätten dich gefangen genommen!« Eine Woche lang musste ich mir seine Beschimpfungen anhören. Er weigerte sich zu essen, was ich für ihn kochte, und ging auch nicht mit mir ins Freie.

Eines Tages hatte ich von morgens früh bis zum späten Nachmittag Reisig gesammelt. Ich wollte Feuer machen und kochen. Als ich zu unserem Loch zurückkam, überschüttete er mich erneut mit Vorwürfen. Seine Worte taten mir weh. Stumm kletterte ich auf einen Felsvorsprung und brach in Tränen aus. Arsalan, der das alles mitbekam, erbarmte sich meiner. Er ging zu Djamschid, der sich in eine Decke gewickelt hatte und mit Rosinen vollstopfte, und fuhr ihn an: »Du bist ein Egoist! Salar kümmert sich nur um dich. Er hat nichts anderes im Sinn, als dir Gutes zu tun! Aber seit einer Woche brichst du ihm das Herz, du verletzt ihn mit deinen Unterstellungen. Es reicht! Ab heute spiele ich nicht mehr Domino mit dir!« Diese Schimpftirade brachte meinen Onkel zur Besinnung. Kühl bat er mich um Verzeihung.

An einem heißen Sommertag tauchten zwei der Deserteure, die sich bereits im vergangenen Jahr bei uns versteckt hatten, wieder auf. Von ihnen hörten wir, dass Saddam Hussein schon wieder einen Krieg, diesmal im Süden, angezettelt habe. Vor ihrem Aufbruch nach Baranok hatten sie für die Versorgung mit Lebensmitteln gesorgt. Ein Bekannter, der sie heimlich unterstützte, obwohl er für die Regierung arbeitete, schaffte einmal im Monat Vorräte an einen vereinbarten Ort. Nachts schlichen wir hin, luden uns die Säcke auf die Schultern und schleppten sie zu unseren Verstecken. Eines Tages bat ich die beiden jungen Männer, ihrem Bekannten einen Brief an meinen Großvater mitgeben zu dürfen. Ohne unser Versteck zu verraten, ließ ich ihn wissen, dass wir in den Bergen festsaßen. Ich kann gar nicht sagen, wie glücklich es mich machte, diese Nachricht auf den Weg zu bringen! Mein Herz schlug schneller bei der Vorstellung, dass eines Tages ein geliebter Verwandter bei uns erscheinen, uns helfen, uns Geld und Medikamente bringen würde.

Zwei Monate später saß ich auf einem Felsen im kühlen Herbstwind und suchte durch mein Fernglas die Gegend ab. Da erspähte ich in der Ferne eine Gestalt. Es war ein junger Mann mit Brille, der einen großen, schweren Rucksack schleppte. Er hatte die Ruinen von Baranok noch nicht erreicht, da erkannte ich ihn: Es war mein Cousin Smail Adib Khan! Mir war, als würde eine Armee von Engeln eintreffen.

Smail hatte mehrmals vorgehabt zu desertieren, aber sein Vater hatte sich ihm jedes Mal in den Weg gestellt. Als Vater war Adib Khan ein gnadenloser Tyrann, der nichts davon hielt, dass ihm seine Kinder Probleme ins Haus brachten. Außerdem war er davon überzeugt, dass Saddam Hussein ewig an der Macht bleiben und jeder Versuch, sich ihm zu widersetzen, zum Scheitern verurteilt sein würde. Wie jeder Kurde hasste er den Diktator, war aber der Meinung, es sei besser, sich zu fügen und Auseinandersetzungen zu vermeiden, um nicht Anlass zu weiterem Blutvergießen zu geben. Smail hatte meinen Brief gelesen und beschlossen, uns ohne väterliche Erlaubnis in Baranok aufzusuchen.

Er erschrak, als wir ihm verwildert und mit struppigen Bärten entgegentraten. Erst da wurde uns bewusst, wie barbarisch wir mittlerweile aussahen. Smail ahnte nicht, wie sehr uns Elend und Angst in den letzten anderthalb Jahren zugesetzt hatten. Ohne unsere versteckten Depots wären wir längst krepiert.

In Smail fand ich den Freund und Verbündeten früherer Tage wieder. Abgesehen von einem Haufen englischer Bücher, von Geld und Medikamenten, hatte er ein nagelneues Radio mitgebracht. Mit vielen Batterien, die, wie er behauptete, bis zum Jüngsten Gericht reichen würden.

Nach und nach tauchten weitere Deserteure bei uns auf, die aus Angst vor dem nächsten Krieg Zuflucht in unserer Region suchten. Das war einerseits erfreulich, weil wir mehr Unterhaltung hatten, andererseits aber drohte es die Aufmerksamkeit des Regimes auf uns zu lenken. Für Djamschid war die Wiedervereinigung mit Smail ein Vorzeichen des Unglücks. Ich hatte angenommen, Smails Anwesenheit würde ihn motivieren, seine Flüge wiederaufzunehmen und sich die Welt von oben anzuschauen, aber davon war nichts zu merken. Während Smail und ich uns die Zeit mit Kriegserinnerungen und Geschichten aus der Kindheit vertrieben, blieb Djamschid verschlossen und sprach kaum mit uns. Er lebte mit uns wie ein Fremder und betrachtete uns als Fremde. Doch für uns war er noch immer der Mann, den wir vor dem Wind, vor der Welt und vor sich selbst zu schützen hatten, ohne uns von seinem seltsamen Benehmen beirren zu lassen.

Die Monate vergingen im Nu. Alle erwarteten den Ausbruch eines neuen Kriegs. Smail hörte die englischsprachigen Nachrichten und übersetzte für uns, und jedes Mal fügte er hinzu: »Und wenn der Diktator sieben Seelen besäße, dieses Mal kommt er nicht davon. Es ist aus und vorbei. Die ganze Welt hat sich gegen Saddam Hussein erhoben: die Amerikaner, die Engländer und sogar die Deutschen und die Japaner! Onkel Djamschid, dies ist das letzte Jahr des Diktators. Komm, lach ein wenig, freu dich!«

Rückkehr in die Stadt

Djamschid Khan war der Meinung, ein Diktator sei wie ein Phönix. Er sterbe nicht, sondern werde nur eine Weile zu Asche, um dann der eigenen Asche neu zu entsteigen. Seine Angst führte dazu, dass wir erst sechs Monate nach der Befreiung aller nördlichen Städte zu unseren Verwandten zurückkehrten. Er glaubte felsenfest, Saddam Hussein und seine Geister wären in der Lage, sogar aus der Hölle zurückzukommen, um sich zu rächen. Erst als Großvater Hissam versicherte, dies würde nicht passieren, traten wir den Heimweg an.

Unsere Rückfahrt verlief ruhig und schweigsam. Als würde unsere Beziehung dort enden, verabschiedete unser Onkel sich vor dem Haus von Hissam Khan in aller Form von uns und vermittelte Smail und mir das Gefühl, dass er unsere Dienste nicht mehr benötige. Sogleich verzog er sich in sein Zimmer im ersten Stock, das er vor über zwölf Jahren verlassen hatte. Uns war es wie in alten Zeiten verboten, uns seiner Zimmertür zu nähern. Nur einmal, während er schlief, schlich ich mich leise hinein und sah, dass die Einrichtung die alte geblieben war. Nur dass die Bilder von Karl Marx und Friedrich Engels nicht mehr an der Wand hingen.

Er aber wandelte sich. Am liebsten umgab er sich nun mit Frauen. An einem Feiertag saß er in kurdischer Tracht mit Turban im großen Gästezimmer des Großvaters und erklärte mir: »Die vergangenen dreizehn Jahre mit all ihren schönen und gefährlichen Momenten habe ich nur unter Männern verbracht. Nun ist die Zeit gekommen, meinem Leben eine neue Richtung zu geben und mich den Frauen zu widmen. Denn Frauen sind die einzigen Geschöpfe auf dieser Welt, die es wert sind, dass ein Mann seine Zeit mit ihnen verbringt.«

Es war schwer vorstellbar, dass Djamschid auf Frauen in einem Maße wirken sollte, von dem wir als gesunde und gut gebaute Männer nur träumen konnten. In meiner Jugend war ich ein talentierter Schürzenjäger gewesen und hatte ohne große Mühe die Herzen der Damen erobern können. Nun aber war diese Kunst in mir erloschen. Zu lange waren wir vom Stadtleben abgeschnitten gewesen, zu sehr war ich in den Bergen verwildert. Wenige Male versuchte ich nach meiner Rückkehr, eine Frau zu erobern, aber es endete immer mit einer Komödie oder in einer peinlichen Situation. Djamschids Zimmer dagegen war ohne irgendeine Bemühung seinerseits ständig von unterschiedlichen Damen bevölkert. Angefangen bei weiblichen Verwandten und Nachbarinnen bis hin zu unbekannten Frauen, die Djamschid durch meine Schwestern, Tanten und Cousinen kennenlernte. Er setzte alle weiblichen Bekannten ein, um seine Netze auszuwerfen. Ich vermutete, dass er durch sein gefälliges Auftreten und seine feine Ausdrucksweise diesen Erfolg bei den Frauen hatte. Smail hingegen meinte, es seien seine Schwäche und seine Zartheit, die bei den Frauen gleich beim ersten Treffen Mitgefühl weckten, sodass sie ihm ihr Vertrauen schenkten. Er strahlte tatsächlich eine verführerische Zärtlichkeit aus. Für Männeraugen war das schwer zu erkennen, aber der feineren Wahrnehmung der Frauen entging es nicht, und sie liebten ihn dafür.

Wann immer ich das Haus meines Großvaters aufsuchte, stets war aus Djamschids Zimmer ein vielstimmiges Geplauder zu hören. Frauen redeten durcheinander, kicherten, rauchten. Manchmal verzog ich mich missmutig in eine Ecke, wenn ich mit ansehen musste, wie die zarten Wesen bei ihm ein und aus schwebten. Es gab dort alle Arten von Frauen: solche in engen Hosen und kurzen Röcken, aber auch verschleierte. Meine Großmutter erzählte mir, Djamschid gebe sich als Lehrer aus und veranstalte Arabischkurse. Noch seltsamer berührte es mich, als ich erfuhr, dass die Frauen, die bei ihm Nachhilfe erhielten, tatsächlich große Fortschritte im Arabischen machten.

»Der Umgang mit Frauen schenkt dem Mann Kraft.« Diese Weisheit vertraute er mir eines Tages an.

Da war aus ihm ein selbstbewusster Mann geworden, der Abstand hielt zur Männerwelt, die er als niedrig und banal bezeichnete. Eines Tages soll er zu Smail gesagt haben: »Ein Mann hat in diesem verdammten Land dann die größte Macht, wenn er sich nicht mehr vor Frauen fürchtet.«

Tatsächlich überwand er nun viele seiner Ängste. Hin und wieder, wenn es windstill war, traute er sich vor die Tür oder auf den Balkon. Er ging sogar mithilfe von zwei Cousinen, die ihm wie Smail und ich ein Seil um die Hüfte schlangen, mit auf Familienausflüge und Picknicks.

In der Öffentlichkeit allerdings hatte sich die Geschichte von Djamschids Flügen noch nicht herumgesprochen. Sein Mut reichte noch nicht, sich mit den Seilen offen in der Stadt zu zeigen. Also ging er nicht aus, sondern unternahm Abendspazierfahrten in einem Auto, das mein Großvater ihm gekauft hatte. Smails Schwester Khazal saß am Steuer. Sie hatte vor Kurzem den Führerschein gemacht. Djamschid nahm auf dem Beifahrersitz Platz, und Khazal ließ einen Schwarm Frauen hinten einsteigen. So fuhren sie kreuz und quer durch die Stadt. Während ich mit meinen alten Freunden abends durch die Straßen bummelte, stieß ich ein paar Mal zufällig auf diesen Wagen: Vorn saß Djamschid, aufrecht wie ein Besenstiel, und sah sich das Menschengedränge auf den überfüllten Gehsteigen an.

An einem dieser Abende entdeckte er Safinaz Sdiq Pascha und verliebte sich in sie.

Überraschend war das nicht, denn zu seinem feinen Gespür für die Welt der Frauen gehörte tief in seinem Herzen sicher die Hoffnung, einmal die große Liebe zu finden. Obwohl viele Schönheiten Nachhilfeunterricht bei ihm nahmen, verlor er sein Herz an ein Mädchen außerhalb dieses Kreises.

Und das geschah so. Eines Tages hielt Khazal vor einem bekannten Eissalon an, um Eis zu kaufen. Dort traf sie auf ihre alte Freundin Safinaz. Nach Begrüßungsküsschen rechts und links und dem üblichen Austausch von Neuigkeiten bot Khazal ihrer Freundin an, sie nach Hause zu bringen. Sie sei ja mit einem Auto unterwegs und habe außer Onkel Djamschid niemanden dabei. Auf der Stelle war es um Djamschid geschehen. Die Liebe trug ihn davon wie ein Windstoß. Sie riss auch uns mit sich.

Wäre Safinaz nicht in seinem Leben aufgetaucht, hätte er bestimmt nie mehr ans Fliegen gedacht. Aber die Liebe bringt die verborgenen Fähigkeiten eines Menschen an den Tag. Er mobilisiert alle verfügbaren Talente, um die geliebte Person zu beeindrucken.

Zwei Tage nach dieser Autofahrt rief er Khazal zu sich: »Ich habe mich wie ein Dummkopf unwiderruflich verliebt. Ja, wie ein Dummkopf. Nur ein Besessener verliebt sich wie ein Dummkopf.« Er schüttete Khazal sein Herz aus. Er könne kein Auge mehr zutun, seit sie von ihm Besitz ergriffen habe. Er sei besessen vom Gedanken an sie und müsse sich mit ihr zu einem Essen treffen.

»Sei vorsichtig«, warnte ihn Khazal. »Dieser Frau ist nicht zu trauen, es werden ihr viele Geschichten nachgesagt. Die Frauen aus der Sippe der Sdiq Pascha haben keinen guten Ruf. Immer wieder bringt eine von ihnen Schande über ihre Familie.«

Aber er wollte nicht hören und erwiderte: »Wer liebt wie ein Dummkopf, wird über alle Untugenden der Geliebten hinwegsehen.« Er setzte meine Cousine unter Druck. Unter Tränen flehte er sie an: »Sieh mich doch an! Meine ganze Jugend habe ich im Krieg verbracht. Schau, was er aus mir gemacht hat! Gibt es auf der ganzen Erde eine wie dich mit einem Onkel, den das Unglück dermaßen zugerichtet hat? Es ist Zeit, dass der größte Pechvogel und leichteste Mann der Welt endlich sein Glück findet und eine Familie gründet. Vielleicht werde ich in Zukunft Kinder haben, die der Wind verweht, genau wie mich. Sag, willst du denn nicht deinen unglücklichen Onkel mit Familie in seinem eigenen Zuhause glücklich sehen?«

Diese Worte erregten Khazals Mitleid und brachten sie dazu, Onkel Djamschid zu helfen. Sie lud Safinaz zu einem Festmahl ein, dessen gesamte Kosten er übernahm. Die köstlichsten Speisen wurden bestellt, zubereitet in den bekanntesten Restaurants der Stadt. Kebab aus dem angesehensten Grillhaus der Stadt, Leber am Spieß vom besten Grillmeister … In großen Töpfen standen traditionelle kurdische Speisen in einer Reihe vor Adib Khans Haus. Und ein iranischer Koch, der neu in die Stadt gekommen war, trug weitere Köstlichkeiten bei.

Madame Safinaz sah diese Fülle und ahnte schon, dass dies nicht einfach ein Abend mit ihrer Freundin sein würde, sondern dass dahinter ein männlicher Plan stand. Als am großen Tisch außer Djamschid und Khazal niemand saß, wurde ihr vollends klar: Es ging um die möglichst eindrucksvolle Untermauerung einer Liebeserklärung. Sie erkannte die Absicht der beiden und begann, ihre eigenen Pläne zu schmieden.

Den ganzen Abend hindurch wurde pausenlos aufgetischt, leere Teller wurden abgeräumt, und Süßigkeiten wurden gebracht. Derweilen erzählte er aus seinem Leben, allerdings ohne seine Flüge zu erwähnen. Safinaz zeigte sich von der Pracht dieser Einladung, von Djamschids Erzählungen und auch von Ansehen und Ruf unseres Clans schwer beeindruckt. Jedes Mal, wenn sie eine neue Speise kostete, brach sie in Entzücken aus. Indirekt galt ihr Lob natürlich dem hochgeschätzten Geschmack des edlen Gastgebers. Sie begann, mit ihm zu scherzen und zu flirten, und als sie ihre eigenen Geschichten zu erzählen begann, zog sich der Abend erst recht in die Länge.

Als schließlich die Stunde des Aufbruchs kam, streckte er seine Hand nach ihr aus und hielt sie fest. Er bat Safinaz, falls in einer der kommenden Nächte Wind wehen sollte, um ein Uhr früh aufs Dach zu gehen und ein wenig zu warten. Dann werde sie etwas zu sehen und zu hören bekommen, das sie noch nie erlebt habe. Aber sie möge nicht vergessen: Es müsse eine Nacht sein mit Wind. Eine windige Nacht!

Noch in der Nacht dieses Liebesmahls rief er Smail und mich zu sich und befahl, wir sollten uns vorbereiten und Seile kaufen. Er habe vor, in einer der kommenden Nächte wieder zu fliegen. Wir sahen einander skeptisch an, beugten uns aber seinem Wunsch. Er fand offensichtlich nichts dabei, uns zu unpassender Zeit zu sich zu bestellen und Arbeit aufzuhalsen, uns aber komplett zu ignorieren, wenn unsere Dienste nicht erwünscht waren.

Und dennoch: Als wir am nächsten Tag zum Bazar gingen, erfasste uns die Aufregung früherer Tage. Wir kauften alles, was wir an Seilen bekommen konnten. Im großen Hof von Großvater Hissams Haus begannen wir zu üben. Djamschid war seit mehr als drei Jahren nicht mehr geflogen. Ich gab zu bedenken, der erste Start sei schwierig, und er werde wohl eine Weile brauchen, bis er wieder angstfrei schweben könne.

Er aber ging mit einem Spruch darüber hinweg: »Wahre Liebe macht aus jedem Mann ein beflügeltes Wesen, sie bringt ihn zum Fliegen.« Obwohl in dieser Nacht kaum ein Hauch zu spüren war, hob er sogleich vom Boden ab, denn sein Gewicht war so gering, dass man hätte meinen können, wir lenkten lediglich seine Seele. Nach einigem Ausbalancieren und Flugmanövern in jede Richtung landete er wieder, rief uns zu sich und berichtete uns von Safinaz.

»In der nächsten windigen Nacht müsst ihr mich von einem passenden Hügel aus so aufsteigen lassen, dass ich, über dem Dach vom Sdiq Paschas Haus schwebend, Safinaz meine Liebe erklären kann.«

Am folgenden Tag unternahmen wir eine professionelle Ortsbegehung um Sdiq Paschas Haus herum und zogen die vorherrschenden Windrichtungen in Betracht. Denn schwebte er zu hoch, könnte seine Stimme Safinaz nicht erreichen. Flog er jedoch zu niedrig, würde er mit Stromleitungen, Dachbrüstungen und Fernsehantennen kollidieren. Unsere Erfahrung aus Armeezeiten war uns dabei von großem Nutzen. Wir fanden schließlich einen Kindergarten, der ungefähr zweihundert Meter von Safinaz' Haus entfernt lag, und bestimmten das Dach des Kindergartens zum Start- und Landeplatz für Djamschid. Schlagartig behandelte er uns daraufhin wieder respektvoll, als seine Mitarbeiter. Auf seinen Wunsch hin zogen wir ins Gästezimmer von Großvaters Haus, um jederzeit in Bereitschaft zu sein.

Zwei Tage später kam zu Mittag ein starker Wind auf. Als Djamschid sah, wie er durch die Baumkronen fuhr, Wäsche von den Wäscheständern fliegen, Röcke hoch- und Turbane von den Köpfen wehen ließ, überkam ihn große Freude. Nun sei der Tag gekommen. Zuerst wollte er einen hellbraunen Anzug, eine Krawatte und weiße Schuhe tragen. Smail und ich erklärten ihm daraufhin, dass keine Farbe außer Schwarz infrage käme, anderenfalls liefe er Gefahr, von anderen Leuten gesehen zu werden, und das wäre das Ende seines Flugs. Dieses Argument ließ er gelten.

Bei Anbruch der Dämmerung begann er, jede Sekunde zu zählen. Als dann der Zeiger endlich auf zwölf Uhr stand, stiegen wir samt unseren Seilen ins Auto und erreichten nach kurzer Fahrt den Kindergarten. Zu unserem Glück war die Nacht stockfinster. Wie üblich war der Strom ausgefallen, und außer dem Rauschen des Windes war nichts zu hören. Als Erster stieg ich über eine Leiter aufs Dach und ließ Djamschid wie einen Drachen an einem Seil zu mir aufsteigen. Dann kletterte Smail nach oben. Ich stieg wieder herunter, um die restlichen Seile hinaufzuschaffen. Djamschid befürchtete zunächst, wir könnten das Lenken und Ausbalancieren nach so viel Jahren verlernt haben, registrierte dann aber mit Erleichterung, dass uns diese Künste in Fleisch und Blut übergegangen waren.

Wie geplant ließen wir ihn steigen und lenkten ihn so, dass er um Punkt ein Uhr in der richtigen Höhe über Sdiq Paschas Haus stand.

Ebenfalls um ein Uhr tauchte Safinaz auf. Djamschid Khan sah, wie sie über eine Leiter auf das Dach, das keine Brüstung hatte, stieg. Ihm war klar, dass sie nicht damit rechnete, von oben angesprochen zu werden, und eine Weile beobachtete er sie still.

Bald begann der Wind, die Dame zu stören, und sie wollte sich über die Leiter wieder nach unten begeben.

Da rief er ihr zu: »Was ist denn los, Mademoiselle Safinaz, belästigt dich der Wind, und du willst schnell wieder nach unten?«

Sie fuhr erschrocken zusammen und versuchte herauszufinden, woher die Stimme kam. Ängstlich hob sie den Kopf und bemerkte einen dunklen Schatten über sich. Als er sah, dass sie schreien wollte, rief er: »Nicht, Safinaz, nicht schreien! Ich bin es, Djamschid Khan. Der leichteste Mann der Welt. Der, den der Wind wie Nähseide hin und her schweben lässt. Ich möchte dir von hier oben meine Liebe erklären, du sollst die erste Frau auf der Welt sein, der ein Mann vom Himmel herab seine Liebe erklärt. Aus dieser Höhe und in der Finsternis in den Armen des Windes liegend, bitte ich dich, mich zum Ehemann zu nehmen und mich zu heiraten.«

Safinaz war erschrocken, konnte sich jedoch angesichts dieses dünnen Mannes, der mit seinem schwarzen Gewand in der Finsternis beinahe unsichtbar war, ein Lachen kaum verkneifen. Sie verlangte, er solle vom Himmel herunterkommen und sich aus der Nähe mit ihr unterhalten.

Er aber erwiderte: »Du meine Liebste, wie du siehst, bin ich durch zwei Seile mit der Erde verbunden. Mein Landen muss im Voraus geplant sein, anderenfalls trägt mich der mächtige Wind davon, und du siehst mich nie wieder.«

Stundenlang harrten Smail und ich in jener Nacht mit Djamschid aus. Bevor die Morgendämmerung die

Nacht vertrieb, knapp vor dem morgendlichen Ge-
betsruf, gab er uns das Zeichen zum Rückzug.

In den kommenden drei Monaten, bis zu seiner
Hochzeit, mussten Smail und ich ihn in jeder windigen Nacht steigen lassen. Mithilfe eines dritten Seils,
das er herunterließ und an dem Safinaz ihn zu sich he-
ranzog, konnte er sogar bald auf dem Dach von Sdiq
Paschas Haus landen. Die beiden ergingen sich dann
stundenlang über ihre Liebe und ihr zukünftiges Leben, während Smail und ich auf dem Dach des Kindergartens gähnten und die lange Warterei geduldig
über uns ergehen ließen. Genau genommen warteten
wir dort auf ein Leben, das nicht wir, sondern allein
Onkel Djamschid leben würde.

Seine Liebe hatte Folgen für uns alle. Der Scha-
den beschränkte sich nicht darauf, dass Smail und
ich ständig Grippe hatten, den ganzen Winter über
niesten, husteten und Fiebertabletten schluckten, er
bestand vor allem darin, dass sich Hissam Khan dem
Wunsch Djamschids beugte, das Erbe vorzeitig an die
Kinder zu verteilen. Djamschid wollte seiner Safinaz
ein königliches Leben ermöglichen. Die nächtlichen
Flüge hatten aus ihm einen freigiebigen Mann gemacht, der mit Geld nur so um sich warf. Bei jedem
Flug zu Safinaz füllte er seine Taschen mit Ohrrin-
gen aus Indien, Halsketten und echten Goldmünzen
aus der Zeit des Osmanischen Reichs. In diesen drei
Monaten bekam Safinaz so viele Geschenke wie zehn
Bräute zusammen. Sie wusste offenbar alle weiblichen

Waffen einzusetzen, um ihm so viel wie nur möglich abzuluchsen.

Mich störte das sehr. Zweimal ging ich zu meinem Großvater und versuchte, ihm klarzumachen, dass diese Liebe das Leben von Djamschid zerstören, dass er sein ganzes Erbe innerhalb kürzester Zeit verlieren und mit leeren Händen aus diesem Spiel ausscheiden würde. Für Großvater aber war Djamschid ein hoffnungsloser Fall. So wie die Dinge lagen, war jeder Widerstand zwecklos. Niemand würde es schaffen, ihn zur Vernunft zu bringen. Großvater hatte recht: Djamschid machte immer das, was er wollte. Nun legte er sein ganzes Vermögen dieser Dame zu Füßen. Noch während der Verlobungszeit lud Djamschid seine Auserwählte, ihre Schwester, ihre Tanten und die große Runde ihrer noch so entfernten Freundinnen zu opulenten Festgelagen ein. Um sich seiner Liebsten zu widmen, musste er den Nachhilfeunterricht einstellen und die Frauen, die sich um ihn zu versammeln pflegten, aus seinem Zimmer scheuchen.

Djamschid erhielt bei der Aufteilung des Erbes vier Häuser, zwei Grundstücke und jede Menge Bargeld, was bedeutend mehr war als der Anteil, der meinem Vater zugesprochen wurde. Sogleich ließ er eines der vier Häuser verkaufen, damit er weiterhin kostbare Geschenke machen und zu märchenhaften Diners einladen konnte. Ebenso pompös wurde die Verlobungsfeier veranstaltet. Es gab Tausende Gäste. In den umliegenden Gassen und auf den Dächern der Nachbarhäuser wurden Stühle aufgestellt, Tische gedeckt und geschmückt. Drei Tage lang stellten die Patisserien Baklava für diese Feier her. An einem Tag kauften wir das gesamte Obst aus dem Bazar auf. Zur Bedienung der Gäste wurden Teeeinschenker und Servierpersonal eingestellt. Ein Großteil der Organisation ruhte auf Smails und meinen Schultern. Wir hatten Tag und Nacht die tausend Details organisiert. Djamschid aber schlief in den Tag hinein. Abends ging er unter die kalte Dusche, zog einen aschgrauen Anzug an, rasierte sich und fuhr, chauffiert von meiner Cousine Khazal, durch die Stadt. Er strahlte vor Glück. Ja, damals war Djamschid glücklich.

Noch zu erwähnen ist, dass Safinaz, als unsere Leute zum Haus von Sdiq Pascha gingen und um ihre Hand anhielten, als Brautgeld drei Kilo Gold forderte. Ohne lang zu überlegen, gab mein Onkel das gesamte geerbte Bargeld für Gold aus und dafür, das schönste der geerbten Häuser neu einzurichten. Wobei Djamschid Geschmack bewies. Aus fernen Ländern ließ er herbeischaffen, wonach sein Herz begehrte. Sofort fielen mir die Gemälde von Marc Chagall auf, die mit dem fliegenden Liebhaber, sie hingen in allen Zimmern. Smail fragte sich, wie er auf Chagall gekommen war. Später erfuhren wir, dass eine seiner Nachhilfeschülerinnen ihm einen Chagall-Bildband geschenkt hatte, nachdem ihr die Geschichte des fliegenden Djamschid zugetragen worden war.

Safinaz gehörte nicht eigentlich zu denen, die Chagall, die Bedeutung seiner Gemälde und den Sinn hinter einem fliegenden Verehrer zu würdigen wussten. Schönheit sah sie im Glanz des Goldes, und dieses Kunstverständnis teilte sie durchaus mit der Mehrheit in dieser Stadt.

Aber auch Gold und Geschenke reichten der verwöhnten Safinaz nicht. Als Unterpfand seiner Liebe musste er der verehrten Ehefrau außerdem ein Haus überschreiben. Mit tränenerstickter Stimme soll sie gesagt haben: »Was ist, wenn du mir eines Tages vom Wind entführt wirst und ich dich verliere? Was soll dann aus mir werden? Wer sagt mir, dass diese Heirat mich nicht irgendwann ins Elend stürzt?«

Noch am selben Tag überschrieb Djamschid eines der zwei übrig gebliebenen Häuser auf ihren Namen.

Nach der Hochzeit des Paars und ihrer Rückkehr aus den Flitterwochen gingen Smail und ich zu ihnen, um sie willkommen zu heißen. Wir sahen Djamschid und seine verehrte Ehefrau in der Morgensonne an einem großen Tisch im Garten frühstücken. Ein Seil war um seine Hüfte gebunden und das andere Ende des Seils an einem Baum befestigt. Wir hatten ihn nie irgendwo angebunden, denn er pflegte zu sagen: »Ich bin doch kein Hund, dass ihr mich an Bäumen, Laternen und derlei Gegenständen anbindet!« Wir fanden später heraus, dass Safinaz meinen Onkel oft angebunden stundenlang allein ließ, ohne dass er sich darüber beschwerte.

An diesem Morgen zeigte uns Safinaz nach einer Weile die kalte Schulter. Sie schickte uns, ohne mit der Wimper zu zucken, mit den Worten weg: »Ab sofort kümmere ich mich um die Angelegenheiten von Djamschid. Wir brauchen euch nicht mehr.« Zuerst dachte ich, Khan würde ein solches Verhalten nicht gutheißen, aber er setzte, in seinen roten Morgenmantel gehüllt, unbekümmert sein Frühstück fort und grinste nur dümmlich. Das war nicht einfach Verlegenheit, das zeugte von Verblödung. Ich musste einsehen, dass mein Onkel verloren war.

Um ungestört in seinem Palast mit Safinaz und all den Gemälden der fliegenden Verehrer zu leben, brach er den Kontakt zu uns allen, zu unserer Familie ab. Aufgrund des unangemessenen Verhaltens seiner Gattin besuchte ihn nicht einmal Großvater Hissam. Safinaz regierte. Djamschid durfte nur dann fliegen, wenn sie es von ihm verlangte, und er musste so lange in der Luft bleiben, wie es ihr gefiel. Sie trieb es so weit, dass sie sogar ihre Freundin Khazal hinauswarf und beschloss, in Zukunft selbst Auto zu fahren. Von da an saß Djamschid neben ihr angegurtet auf dem Beifahrersitz und glotzte wie ein Dummkopf in die Welt.

Acht Monate nach der Hochzeit holte Safinaz einen jungen Mann ins Haus und sagte: »Von jetzt an wird dieser junge Mann dein Seil lenken. Er lässt dich in die Luft steigen und holt dich wieder runter.« Als ich das hörte, erkundigte ich mich nach seinem Namen. Nach gründlichen Ermittlungen stellte sich heraus, dass es sich um Ihsan Bayazid handelte, der seit Jahren ein heimlicher Liebhaber von Safinaz war und wegen seiner Mittellosigkeit nicht um ihre Hand hatte anhalten können.

Ohne zu zögern oder die Konsequenzen zu bedenken, ging ich eines Morgens zu Djamschid und erzählte ihm alles: »Dieser junge Mann, der dir nachts das Seil hält, ist seit Langem ein Liebhaber deiner hochverehrten Gattin. Und du bist das Opfer eines raffinierten Plans. Wach endlich auf! Spiel nicht länger die Rolle des gehörnten Ehemanns!«

Wider Erwarten brüllte er mich an. Er wies mir die Tür und beschimpfte mich als einen Lügner, der das Glück eines kranken, trostbedürftigen Mannes zerstören wolle, nur weil der ein friedliches Leben führe und sich seiner großen Liebe erfreue. Er setzte hinzu, ich hätte schon immer vorgehabt, ihn ins Elend zu treiben, ich unternähme alles, um seinen Untergang herbeizuführen, und hätte sogar vor, ihn umzubringen, und dass ihm nichts anderes übrig bleibe, als mich anzuzeigen.

Trotzdem setzte ich meine Bemühungen fort, ihn aus seiner Verblendung zu retten. Ich erklärte meinem Vater und Onkel Adib, dass Djamschid sich in ernster Gefahr befinde. Aber auch sie fanden bei ihm kein Gehör. Sieben Monate, nachdem Djamschid mich unter Geschrei und Gebrüll aus seinem Haus geworfen hatte, platzte Safinaz an einem stürmischen Morgen weinend ins Haus meines Großvaters und sagte:

»Djamschid Khan wurde letzte Nacht vom Wind davongetragen.« Er habe in dieser stürmischen und regnerischen Nacht unbedingt fliegen wollen, sagte sie. Ihre und Ihsan Bayazids Einwände und Warnungen hätten ihn nicht abgehalten. Als er seine Höhe erreicht habe, sei das Seil gerissen und er entflogen.

Ich hatte längst vermutet, dass Safinaz uns eines Tages genau diese Geschichte auftischen würde. In Wirklichkeit, erfuhr ich später, hatte Safinaz Djamschid gezwungen, bei diesen Wetterverhältnissen zu fliegen. Gemeinsam mit ihrem Liebhaber ließ sie ihn hoch aufsteigen, damit ihn der Wind so weit entführte, dass eine Rückkehr ausgeschlossen war.

Ein ganzes Jahr lang blieben wir ohne Nachricht vom Schicksal meines Onkels. Unsere anhaltende Suche hatte keinen Erfolg. Niemand wusste, in welche Richtung der Wind ihn getragen hatte.

Diesmal waren sich alle sicher, dass er nicht überlebt hatte. Ich aber war überzeugt, dass Djamschid sicher gelandet war, so weit entfernt allerdings, dass er nie würde zurückkehren können.

Noch im selben Jahr verkaufte Safinaz alles, was Djamschid besaß, mit Ausnahme des kleinen Hauses, dessen Verkauf noch der Großvater einst verboten hatte. Anschließend flüchteten die beiden mit dem Bargeld ins Ausland. Inzwischen leben sie mit drei Kindern im Westen von Kanada, wo weder ein beflügeltes noch ein Wesen ohne Flügel sie erreichen kann.

Diesmal nahmen sich Großvater Hissam und mein Onkel Adib vor, eine Trauerfeier für Djamschid abzuhalten. Ich aber hielt sie davon ab und sagte, dass er noch am Leben sei und wir bald eine Nachricht von ihm erhalten würden.

Nach etwas mehr als einem Jahr kam eines Tages ein kümmerliches, blasses Mädchen in unser Haus und bat mich, ihr zu folgen. Eine Nachricht sei abgegeben worden, die ich entgegennehmen müsse. Nach einer langen Fahrt in einem klapprigen Taxi erreichten wir ein halb eingestürztes Haus in einer Siedlung außerhalb der Stadt. Dort, bei einer armen Familie, fand ich in einem notdürftigen Bett Djamschid Khan im Sterben liegend, ein alter Mann, der ununterbrochen nach Gott rief.

Mein Onkel und Gott

Manches von dem, was Djamschid in diesem Jahr seiner Abwesenheit erlebt hatte, blieb ein Geheimnis, obwohl ich mich verbissen um Aufklärung bemühte. Nach den wenigen Informationen, die ich erhielt, wurde er in jener Nacht vom Sturm nach Norden in die Berge getragen und landete bei Kämpfern der Arbeiterpartei Kurdistans. Halb tot wurde er an einem kalten, feuchten Morgen von zwei jungen Kämpferinnen der PKK gefunden. Ein Mann ohne Gewicht, der behauptete, fliegen zu können und dass sein Name auf Khan ende. Da er seinen Vornamen nicht mehr wusste, nannten sie ihn »Armer Khan« und nahmen ihn bei sich auf. Sie verarzteten und pflegten ihn in der Hoffnung, sein Gedächtnis würde zurückkehren, doch vergebens.

Als die PKK-Kämpfer herausfanden, dass Armer Khan tatsächlich fliegen konnte, setzten sie ihn bei ihren blutigen Gefechten gegen die türkische Armee und die kurdischen Dschasch-Milizen des Regimes ein. Djamschid erwarb sich den Ruf, ein echter, leidenschaftlicher Patriot zu sein. Man sagte, er habe sogar zwei unterschiedliche Melodien für die kurdische Hymne »Ay Raqib« komponiert, die sich damals als Nationalhymne in allen vier Teilen Kurdistans durchzusetzen begann. Mehr als ein Jahr blieb er bei den Kämpfern. Er schwebte über ihnen, bewachte ihre Verstecke, behielt die Wege im Visier, die möglicherweise vom Feind benutzt wurden, spürte die Hinterhalte der türkischen Soldaten auf und wies die eigenen Leute auf Schleichwege hin. Ein Jahr lang unterstützte er die Kämpfer im Norden als aktiver Peschmerga und bewahrte ihre Stützpunkte vor größeren Katastrophen. An einem Sommertag allerdings ließ ihn der Wind im Stich. Er schwebte hoch am Himmel, als der Wind plötzlich abflaute. Er fiel, und der Absturz löschte erneut sein Gedächtnis und stattete ihn mit wieder einem neuen Charakter aus.

Die Kämpfer, die ihn wirklich gernhatten, fanden ihn und brachten ihn in eine kleine Höhlenklinik. Eine dort beschäftigte Krankenschwester erkannte ihn sofort. Sie hatte Arabisch bei ihm gelernt und war später zu den Kämpfern der PKK gestoßen. Sie wusste also, dass der »Arme Khan« ihr ehemaliger Lehrer Djamschid Khan war.

Seltsam war allerdings, dass Djamschid nach seinem Absturz nur noch ein einziges Wort hervorzubringen vermochte. Er hob den Kopf, streckte den Zeigefinger gen Himmel und stammelte: »Gott … Gott … Gott!« Wie ein Halbstummer, der die Menschen auf eine Gefahr aufmerksam machen will.

Die Kämpfer taten alles, was in ihrer Macht stand, um ihn zu heilen, mussten aber erkennen, dass er für sie verloren war. So beschlossen sie schließlich, den kranken Mann, dessen Aufenthalt in den Bergen seinen Nutzen für die Sache Kurdistans eingebüßt hatte, in Begleitung der Krankenschwester in den Süden heimzuschicken. Sie banden ihn auf einen alten Esel, und so brachte ihn die Krankenschwester auf felsigen Pfaden bis in die Nähe unserer Stadt, wo sie ihn einer verbündeten Familie übergab.

Dort fand ich ihn, in seinem ärmlichen Bett. Ich bedankte mich bei der Krankenschwester, die sich für ihn in Lebensgefahr begeben hatte. Nach einer Abwesenheit von zwei Jahren fuhr ich ihn zurück in sein Zimmer im obersten Stock der alten Villa von Hissam Khan.

Djamschid brauchte eine Woche, um sich an mich zu erinnern. Ich fragte ihn: »Mein lieber Onkel, wer bin ich? Kannst du mich erkennen?«

Er antwortete: »Du bist Salar Khan, Sohn von Sarfraz Khan, Sohn von Hissam Khan!« Darüber freute ich mich so, dass ich die ganze Familie in Großvaters Haus um sein Bett zusammenrief. Aber ich war der Einzige, an den er sich erinnern konnte. Großvater versuchte, sich seinem Sohn in Erinnerung zu rufen, aber Djamschid wehrte sich mit großer Dickköpfigkeit und sagte: »Wer bist denn du, du alter Tattergreis? Ich habe dich noch nie in meinem Leben gesehen!«

Es dauerte mehr als einen Monat, bis er wieder ganz bei Sinnen war und auch alle anderen wiedererkannte. Aber in seinem Schädel drehte sich, wie in einer Spieluhr, nur noch »Gott«. Er erinnerte sich daran, dass er gegen die türkische Armee gekämpft hatte, wusste aber nicht, wie und warum. Einer Sache war er sich aber völlig sicher: Bei seinem letzten Flug hatte er Gott gesehen.

Sechs Wochen später rief er Smail und mich zu sich, weil er unbedingt aufsteigen wollte, um Gott noch einmal zu sehen. Ich wies ihn darauf hin, dass die Islamisten, die zurzeit großen Einfluss hätten, seine angeberischen Geschichten sicher als Ketzerei verdammen würden. Gott zu sehen, sei den Menschen nicht gegeben, und seine Behauptungen würden schlimme Folgen haben.

Er aber erwiderte: »Gott bittet nicht um Erlaubnis, wenn er sich seinen Untertanen zeigen will. Wer weiß, was Gott tut und was er nicht tut? Wer so redet, sollte sich schämen!«

Von nun an trat Djamschid als Derwisch und Asket auf. Nichts an ihm erinnerte mehr an den Mann, der eine Zeit lang Marxist, dann Soldat und dann ein Frauenverehrer gewesen war. Nun galt sein unerschütterliches Streben dem einen Ziel: Er wollte Gott verstehen. Zudem wollte er so viele Seile wie möglich kaufen. »Je höher ich aufsteige, desto größer wird die Wahrscheinlichkeit, dass ich Gott begegne«, sagte er.

Eines Abends mussten Smail und ich ihn in die menschenleere Steppe außerhalb der Stadt bringen, wo wir ihn wieder aufsteigen ließen. Nach stundenlangem Warten gab er uns das Zeichen, ihn herunterzuziehen. Am Boden angelangt, sagte er, dass er bedauerlicherweise niemanden angetroffen habe. Aber er sei sich sicher, dass er Gott wiedersehen werde. Wir schlugen in der Steppe ein Zelt auf und warteten einen Monat lang auf die Gelegenheit.

Am Ende des Monats landete Djamschid schwindlig wie ein Betrunkener, seine Augen strahlten, und er rief: »Ich habe ihn gesehen! Ich habe Gott gesehen! Er war pures Licht.« Er wiederholte uns die Worte, die Gott zu ihm gesprochen hatte: »Ich habe dir dein Gewicht genommen, damit du dich den Gläubigen als Wundererscheinung zeigst. Damit sie sehen, dass Gott zu allem fähig ist und alles erschaffen kann nach seinem Willen. Geh hin und verkünde den Gläubigen, dass du deinen großen Herrn erblickt hast und er dir aufgetragen hat, du mögest fliegen, damit den Menschen des Schöpfers Macht vor Augen tritt.«

Ich hielt dies für eine der Halluzinationen, die er in der Luft manchmal hatte. Gleichzeitig konnte ich nachfühlen, dass er nach all den Heimsuchungen und Katastrophen, die ihm auf der Erde zu schaffen machten, nun so hoch wie irgend möglich aufsteigen wollte, um einen Retter und Erlöser im Himmel zu finden.

Bislang hatte er es abgelehnt, sich den Menschen als beflügeltes Geschöpf zu zeigen. Aber nun sah er

sich als ein göttliches Wunder und wollte seine Flugfähigkeit einsetzen, um die Mitmenschen in ihrem
Glauben zu bestärken. Nach seiner Rückkehr in die
Stadt ließ er sich einen Bart wachsen, kaufte sich einen
großen Gebetsteppich und fing an, die Gebetspflich-
ten ernst zu nehmen.

In der Familie fand seine Hinwendung zu Gott ein
positives Echo. Mein Vater und Onkel Adib waren
gläubige Menschen, und Djamschids neueste Ent-
wicklung machte sie glücklich. Sie lobten ihn und
kamen bei jeder Gelegenheit auf seine besondere Verbindung zum Himmel zu sprechen.

Smail und ich sahen das alles mit Sorge. Mit seiner neuen Weltanschauung konnte Djamschid großes
Unheil über uns bringen. Ich warnte von Anfang an
vor der Gefahr, die in seinen Worten steckte. Aber
niemand schenkte mir Gehör.

Er zwang uns jetzt, einen Gebetsteppich mitzutra-
gen und ihn jedes Mal zu einer anderen Moschee zu
begleiten, um dort zu beten. Er hatte die Geschichte
mit Safinaz völlig vergessen, aber viele erinnerten sich
noch daran. Takt- und gewissenlose Personen, an denen in unserer Stadt kein Mangel ist, rieben sie ihm
unter die Nase. Er sei ein gehörnter Ehemann, der
den Liebhaber seiner Ehefrau im eigenen Haus habe
wohnen lassen.

Er verstand aber gar nicht, wovon die Leute sprachen. Smail und ich erzählten ihm sein Leben mit
Safinaz von Anfang an, bis er allmählich einen Teil

der Bilder wieder vor Augen hatte. Safinaz' Flucht mit ihrem Liebhaber machte ihn sehr traurig. Er schien aber nicht für sich selbst traurig zu sein, sondern verhielt sich so, als bemitleide er die Hauptfigur einer fremden Geschichte oder das Schicksal eines fiktionalen Charakters im Fernsehen. Jedes Mal, wenn wir ans Ende der Safinaz-Geschichte gelangten, legte er betrübt seine Hand unter das Kinn und sagte: »Oh, du armer Djamschid Khan! Was für ein elendes Schicksal war dir, du Bedauerlicher, beschieden. Wieso ist dir so etwas widerfahren?«

Anfangs konnten ihn Smail und ich dazu bewegen, sich wie jeder andere Gläubige zu benehmen, nichts zu überstürzen und sein göttliches Flugerlebnis nicht zu verraten. Mit unseren Gebetsteppichen unter dem Arm probierten wir einige Moscheen aus, bis wir schließlich die Zwei-Kuppeln-Moschee fanden, in deren großen Hof sich freitags ein Schwarm von Derwischen ergoss. Sie zelebrierten dort ihr Dhikr-Ritual, jubelten und durchbohrten sich Zungen und Wangen mit Dolchen und Spießen. Onkel Djamschid staunte: »Diesen Derwischen werden wir als Ersten meine Botschaft verkünden.«

Als der Mullah der Moschee davon hörte, freute er sich und ermunterte meinen Onkel, seine besondere Fähigkeit, die ihm Gott geschenkt hatte, im großen Hof zu zeigen, damit diejenigen, die an der Macht Gottes zweifelten, zum wahren Glauben fänden. Eine Woche darauf, als die Derwische mit ihrem Ritual fertig waren, bat der Mullah die Gläubigen, den Hof der Moschee noch nicht zu verlassen, denn es gebe ein göttliches Wunder, das sie sich ansehen sollten. Smail und ich packten wie üblich unsere Ausrüstung aus und ließen Djamschid mitten im Hof unter lauten Gebetsrufen der Zuschauer in die Höhe steigen. Sobald seine Füße vom Boden abhoben, begannen die Gläubigen zu schreien und zu jubeln.

Von oben herab erzählte er dem fassungslosen Publikum seine Geschichte. Er sprach davon, wie er eines Tages in den Tiefen des Universums Gott gesehen habe, der zu ihm gesagt habe, er solle sich den Moslems zeigen und sie zum wahren Glauben aufrufen. Seine göttliche Fähigkeit beeindruckte die Gläubigen so sehr, dass viele ihn als Heiligen und Gottgesandten, einzigartig in seinem Jahrhundert, betrachteten. Von diesem Tag an schwebte er jeden Freitag im Luftraum der Zwei-Kuppeln-Moschee und berichtete über seine Begegnungen mit Gott.

Was von Anfang an Smails und meinen Argwohn weckte, waren Djamschids geheime Treffen an jedem Donnerstag mit dem Mullah der Moschee. Mullah Qasim Golscheran gehörte zu denen, die meinten, der Frevel habe die Oberhand gewonnen und die Macht in der ganzen Welt an sich gerissen, und deshalb müsse der Glauben mit allen Mitteln gestärkt werden. Mullah Qasim vertrat sehr fantasievolle Ansichten über Gott, Paradies und Hölle, die er Djamschid direkt vermittelte. Er verglich das Paradies mit einer Stadt mit gepflegten Gassen, wo niemals der Strom ausfiele und das Wasser nie abgedreht würde, die Preise wären niedrig, an jeder Ecke stünde ein Süßigkeitenladen, der vierundzwanzig Stunden offen hätte, wo Baklava gratis verteilt würde. Frauen trügen keine Kleider und würden nicht schwanger, auch ohne Pille, und Politik gäbe es nicht.

Dann war das Paradies ja das genaue Gegenteil unserer Stadt!

Jeweils am Tag darauf hob Djamschid ab und hielt von oben eine Rede über seine Zusammenkunft mit dem Allmächtigen, die er von einem Zettel ablas. Er verkündete alles, was Mullah Qasim ihm servierte. Einmal sprach er darüber, wie er in Begleitung der Engel Stufe um Stufe zum Reich Gottes aufgestiegen war, wie er auf langen Wegen an den hellen Galerien und unzähligen Büros vorbeikam, wie er von einem Engel zum nächsten weitergereicht worden sei und dass er sich einige Male im Reich des Gnadenthrons auf den verschlungenen Pfaden der Verwaltung verlaufen habe.

Smail und ich waren die Einzigen, die wussten, dass Djamschid nichts von alldem gesehen hatte. Diese Geschichten hatte Mullah Qasim ihm eingegeben, Djamschid ergänzte sie durch eigene Erfindungen und trug sie den Leuten vor. Jede Woche predigte er über einen weiteren Abschnitt seiner Reise ins Reich des Herrn und beschrieb die unterschiedlichsten Regionen und alle Arten von Engeln. In der Luft schwebend, begann er zu weinen und sagte unter Tränen: »Ich wünschte so sehr, dass ihr mich begleiten und mit eigenen Augen die göttliche Ordnung, die Schönheit und Herrlichkeit des Gnadenthrons, das Glänzen des Goldes und das Funkeln der Smaragde im himmlischen Königreich sehen könntet.« Hin und wieder beschrieb er seinen Zuhörern die Hölle. Wenn er zu den Bestrafungen der Ungläubigen in der Hölle kam, schilderte er deren Qualen so beeindruckend und schauerlich, dass die Leute verzweifelt mit ihm heulten und die Hitze des Glaubens ihre Herzen entzündete. Von Mal zu Mal wuchs die Anzahl der Zuhörer, und bald konnten der Hof der Moschee und die angrenzenden Gassen die Menge nicht mehr fassen.

Smail beschrieb die Geschichten, die Djamschid erzählte, als eine wilde Mischung aus Vergils »Aeneis«, der Botschaft von Abu l'Ala al-Ma'arri und Dante Alighieris »Göttlicher Komödie«, die Mullah Qasim offenbar mit seinen eigenen Fantasien ausgeschmückt hatte. Djamschids Predigt schloss immer mit den folgenden Worten: »Euer kleiner Knecht, Djamschid Khan, Sohn von Hissam Khan, der am Ende seiner Himmelsreise den Allmächtigen sehen durfte. Der unantastbare, segensreiche Herr gestattete seinem demütigen Knecht, ihm zu begegnen, und sagte zu ihm: ›Teile den Gläubigen mit, dass sie Folgendes beachten sollen!‹« Und dann las er Gebote ab von einer Liste, die Mullah Qasim ihm zugesteckt hatte: Gläubige dürfen kein Satellitenfernsehen schauen, ihren Ehefrauen sollen sie nicht das Autofahren beibringen, Preistreiberei ist ihnen verboten, sie dürfen ihre Töchter nicht Verkehrspolizistinnen werden lassen … Einmal stand auf der Liste, was der Allmächtige den Männern zu erwerben verbiete: »Weibliche Unterwäsche, Antibabypillen, Schminkzeug und Videokameras. Unser Herr erlaubt nicht, dass Ehefrauen ohne Wissen ihrer Ehemänner mit Schleppern verhandeln, um das Land zu verlassen, dass sie zu männlichen Schneidern gehen, Friseurläden führen, Gurken kaufen oder allein ins Taxi steigen.« Im Anschluss hielt Mullah Qasim eine hitzige Predigt gegen die Ungläubigen und die Trinker, die tiefen Eindruck machte. Einmal kam es sogar so weit, dass Djamschid von oben herab zwei Parfumlisten verlas: Bei der einen handelte es sich um Parfums, welche die Menschen nicht verwenden dürften, weil sie ihren Glauben beeinträchtigten, und bei der anderen um Parfums, die ihren Glauben stärkten. Ein Parfumhändler hatte dem Mullah Schmiergeld gezahlt, um seinen Umsatz zu steigern und die Konkurrenz aus dem Feld zu schlagen.

Djamschid genoss seine neue Rolle sehr, kämmte ständig seinen langen Bart, wickelte sich in einen schwarzen Umhang, las auf seinem Zimmer im heiligen Koran und schlug alle Warnungen in den Wind. Ich wusste, dass es mit diesen Ansprachen nicht lange gut gehen konnte.

Sein Ansehen in der Familie, unter den Nachbarn und den Leuten im Bazar wuchs immer weiter. Wenn wir ihm eine Frage stellten, untermauerte er seine Antwort mit einem Koranvers. An manchen Tagen fuhr er mit uns in die Steppe, und wir gaben ihm so viel Seil, dass er tatsächlich unseren Augen entschwand. Wenn wir ihn nach einer Weile herunterzogen, täuschte er den religiösen Schauer eines Gläubigen vor und sagte, er sei beim Allmächtigen gewesen. Mir leuchtete ein, dass er beim Aufstieg in einen Zustand geriet, den wir, die Bodenbewohner, wohl kaum erleben würden. Ich wusste aber auch, dass er unter dem Einfluss von Mullah Qasim stand, der ihn davon überzeugt hatte, dass er den wahren Weg des Glaubens schneller finden würde, wenn er den Moslems auf diese Weise die Welt Gottes veranschaulichte.

Smail und ich glaubten nicht so recht an Gott, mussten Djamschid aber trotzdem zu den Massengebeten begleiten, mussten rechts und links von ihm sitzend beten und das Seil ständig fest in der Hand halten. Seine himmlischen Predigten lockten, wie gesagt, mehr und mehr Menschen zur »Zwei-Kuppeln-Moschee«.

Aber er hatte auch Gegner. Einige Mullahs, die für islamistische Parteien arbeiteten, hielten ihn für einen Zauberer und Betrüger, der die Gläubigen vom rechten Weg zum Jihad abbringe. Eine Reihe von Moscheen tat sich gegen Djamschid zusammen. Man sprach von Ketzerei und Gotteslästerung durch einen fliegenden Magier, der behaupte, dem Allmächtigen zu begegnen. Die meisten Mullahs waren sich einig, dass der Große Herr sehr selten und nur zu besonderen Anlässen einen seiner Propheten sehen wolle. Für wen hielt sich dieser sogenannte Djamschid Khan eigentlich? Aus welchem Reich der Ungläubigen kam er, dass er solche Behauptungen aufzustellen wagte!

Ich legte Onkel Djamschid nahe, das Theater aufzugeben und mit uns nach Baranok zu gehen, um in der Natur ein wenig Abwechslung und Ablenkung zu finden. Doch jeder Versuch, ihn von seinen Flugpredigten abzubringen, war vergebens. Er war fest davon überzeugt, er sei der Vermittler einer göttlichen Botschaft, und bis zu seinem Tod habe er die Aufgabe, den Glauben zu verkündigen.

Dann passierte eines Tages, was wohl passieren musste: Jemand, der zur Moschee gekommen war, um ihn zu hören, rief: »He du, Djamschid Khan, Alter, wer bist du denn überhaupt? Und was ist an dir so besonders, dass der Große Gott dich, den ehemals ungläubigen Gotteslästerer, ausgewählt haben sollte? Schämst du dich denn nicht für deine Lügen? Was du da behauptest, ist Gotteslästerung! Sei ein Mann, komm lieber freiwillig runter, und hör auf mit deiner abartigen Hexerei, sonst komme ich zu dir hoch und befördere dich mit einem Arschtritt runter!«

Aus der Höhe antwortete Djamschid: »Du dämlicher Kerl, glaubst du wirklich, dass sich der Herr seinen Knechten nicht zeigt? Und außerdem, was ich von unserem Allmächtigen höre und an euch weiterleite, stimmt mit dem, was in den himmlischen

Büchern steht, überein. Wenn du mich als Lügner entlarven willst, komm doch rauf und flieg mit mir mit. Wenn du nicht an Gottes Wunder glaubst, woran glaubst du denn? Du Meister der Hirnlosigkeit, wenn du dich traust, klettere doch herauf zu mir, und du wirst sehen, ob ich dich bis an die Stufen des göttlichen Throns bringen kann oder nicht!«

Der verbale Schlagabtausch zwischen Djamschid und dem Fremden ging noch einige Runden hin und her. Aber das war nur der Anfang. In den Tagen und Wochen danach erhielten wir haufenweise Drohbriefe. Einmal, als Mullah Qasim von seinem Morgengebet nach Hause zurückkehrte, wurde er von Unbekannten angegriffen und verletzt. Religiöse Fanatiker gaben eine Fatwa in Auftrag, in der es hieß, er sei ein Gotteslästerer. An einem Freitag setzte er gerade zu seiner Predigt an, als plötzlich zwei bewaffnete Männer in die Mitte des Moscheehofs drängten. Der eine feuerte in den Himmel hinauf, und der andere beschoss Smail und mich. Das Seil entglitt unseren Händen, wir stürzten zu Boden. Neben uns wurden ein junger und ein alter Mann verletzt. Schießend bahnten sich die beiden Bewaffneten einen Weg durch das Gedränge und flohen durch das Haupttor der Moschee nach draußen.

Alles ging so schnell, und die Schüsse hallten so ohrenbetäubend, dass ich nicht sofort begriff, was eigentlich geschehen war. Als ich den Kopf hob, sah ich Blut vom Himmel tröpfeln. Der Wind wehte an diesem Tag nicht stark. Nachdem uns das Seil entglitten war, musste Djamschid auf eine der Kuppeln gefallen sein. Verletzt rutschte er langsam an der Kuppel herunter. Smail und ich fingen ihn auf. Eine Kugel hatte seine linke Schulter durchschlagen, und er verlor Blut, was bei seiner körperlichen Verfassung lebensbedrohlich war.

Ihn wie auch die anderen Verletzten brachten wir ins Krankenhaus. Die Ärzte bezeichneten seinen Zustand nicht als besorgniserregend. Die Verletzungen waren nicht tödlich, doch erwachte er erst nach vier Tagen aus dem Koma. Als er die Augen öffnete, war ich der Erste, den sein fiebriger Blick wahrnahm. Kraftlos legte er seine Hand in meine und sagte mit versagender Stimme: »Salar Khan, pack die Koffer! Wir müssen dieses beschissene Land verlassen, bevor es zu spät ist!« Bis zur Entlassung aus dem Spital war das sein einziger Satz, er wiederholte ihn ständig.

Die Kugel hatte dafür gesorgt, dass er Gott für immer vergaß.

Die Flucht

Nach seinem Aufwachen hatte Djamschid nur noch einen Gedanken: Flucht. »Wer dieses Land von oben sieht, dem graben sich Bilder ein, die zunächst belanglos scheinen. Doch dann tauchen sie an die Oberfläche des Bewusstseins und führen zu erstaunlichen Entscheidungen. Wir müssen abhauen und unser Glück in einem anderen Land versuchen!« Um die Flucht zu finanzieren, verkaufte er das letzte seiner Häuser und kleidete sich, Smail und mich neu ein.

Smail, der es kaum fassen konnte, dass die Kugeln ihn verschont hatten, wollte unter keinen Umständen noch einmal in eine solche Situation geraten. Er würde das Handtuch werfen, in der Heimat bleiben und für unseren Onkel einen neuen Begleiter finden: »Eine innere Stimme warnt mich. Flucht würde für mich Krankheit oder Tod bedeuten. Ich kann nicht weg von hier.« Er wollte Journalist werden. Lesen und Schreiben, das war seine Welt geworden. Im Krieg hatte er Englisch gelernt und wollte nun bei einer ausländischen Organisation arbeiten und eine Familie gründen. Die weitere Betreuung Onkel Djamschids hätte all seine Lebenspläne vereitelt.

Ich dagegen hatte weder Ziele noch Hoffnungen und lebte in den Tag hinein. Ich war bereit, dieses Land für immer aufzugeben. Djamschid einfach im Stich zu lassen, nachdem ich all die Jahre für ihn gesorgt hatte, brachte ich nicht über mich. Irgendetwas in mir hatte entschieden, ihm mein Leben zu widmen.

Für den Onkel allerdings, für den ich alles aufgegeben hatte, war ich nicht mehr als ein Laternenmast, an dem das rettende Seil festgemacht werden kann. Ich kam mir vor wie ein Galeerensklave, der ständig rudert, ohne dass man ihn überhaupt bemerkt. Längst sahen die anderen in mir kein menschliches Wesen mehr. Ich war nur noch Onkels Seilhalter. Nicht mal mein eigener Vater hatte in den vergangenen Jahren meiner Zukunft auch nur einen einzigen Satz gewidmet. Ratschläge für den Umgang mit Djamschid, das war sein einziges Thema bei unseren Begegnungen.

In der Nacht vor unserer Abreise kamen alle Verwandten, einer nach dem anderen, um Abschied zu nehmen und mich zu ermahnen, gut auf den Onkel aufzupassen. Im Morgengrauen bestiegen wir einen Bus, der uns zur türkischen Grenze brachte. Genaue Pläne hatten wir nicht. »Solange wir uns innerhalb dieses Landes befinden, können wir nicht klar denken«, sagte Djamschid. »Die Luft hier lähmt das Hirn. Sind wir erst einmal auf der anderen Seite, wird sich bestimmt die richtige Inspiration einstellen.« Im Bus malte er mir unzählige Möglichkeiten aus. Am ausführlichsten sprach er von seinem Wunsch, reich zu werden, um endlich das Leben genießen und die bittere Vergangenheit vergessen zu können. Wenn ich ihn auf seine Himmelfahrten und seine Begegnungen mit Gott ansprach, verzog er nur das Gesicht und sah mich ungläubig an.

Klar war, dass unser Geld für ein luxuriöses Leben niemals reichen würde. Djamschid meinte, wir könnten ja arbeiten und ein Vermögen erwirtschaften. Damit würden wir die verlorenen Häuser zurückkaufen und unser restliches Leben in Saus und Braus verbringen. Ich fragte mich, wie er in einem fremden Land reich werden wollte. Der Gedanke, wir könnten unsere Seile auspacken und ihn zum Geldverdienen aufsteigen lassen, beunruhigte mich sehr.

Unser Schlepper führte uns in drei Nächten über die Grenze. Auf dem gesamten Weg musste ich Djamschid tragen. Im Gebirge blies ein eisiger Wind, deshalb musste er seine Arme fest um meinen Hals schlingen. Manchmal schlief er auf meinem Rücken ein und schreckte dann ängstlich wieder auf. »Haben uns die türkischen Gendarmen entdeckt?« In meinem Rucksack steckten unsere Dollar, ein Seil, ein paar Datteln und eine große Tüte Pistazien. Er knabberte während der ganzen Reise Pistazien.

Frühmorgens kamen wir in der kleinen türkischen Stadt Silopi an und stiegen in einen Bus nach Istanbul. Der Schlepper, der auch den Kauf der Bustickets übernahm, wies uns unsere Sitzplätze an. Als der Onkel sich gesetzt hatte, winkte der Schlepper mich nach draußen und sagte: »Dein Onkel scheint krank zu sein. Er würde auf der Flucht nach Griechenland sterben. Ich glaube nicht, dass er die beschwerliche Reise übersteht. Wenn du ihn in eure Stadt zurückbringen willst, kann ich behilflich sein.«

Ich erzählte Djamschid, was uns der Schlepper angeboten hatte, aber er lachte nur: »Sag dem Fahrer, er soll abfahren und die Griechen vorwarnen, denn der beflügelte Djamschid Khan ist unterwegs zu ihnen! Los, lass uns fahren, weit haben wir es nicht mehr bis zur Akropolis.« Es war, als hätte ihm die Luft auf der anderen Seite neues Leben eingehaucht. Sein Blick aus dem Busfenster verriet Stolz und eine Unternehmungslust, die ich schon lange nicht mehr bei ihm gesehen hatte.

In Istanbul kam Djamschid eine Fähigkeit zu Hilfe, die mir noch nie an ihm aufgefallen war: Er verwendete eine Art Zeichensprache, die alle verstanden. Wir beide konnten kein Türkisch, aber dank seiner Zeichensprache hatten wir keine großen Schwierigkeiten. Ich hielt es für besser, in der Nähe der tausend und Abertausend Kurden zu bleiben, die aus dem Nordirak nach Istanbul geströmt waren. Die meisten der illegal anwesenden Kurden hielten sich in Wohnungen versteckt, die Schlepper in bestimmten Vierteln angemietet hatten. Zu Fuß wollten sie weiter nach Griechenland und mit kümmerlichen Schlauchbooten oder, versteckt in Sattelschleppern, auf großen Fährschiffen übers Mittelmeer nach Italien gelangen.

Djamschid jedoch hielt sich von unseren Landsleuten fern. »Wir haben ja Geld«, meinte er stolz. So streiften wir durch die Straßen und Gassen der märchenhaften Metropole, und immer, wenn seine Gebrechlichkeit und Schutzlosigkeit es erforderten, band ich sein Handgelenk an mir fest.

Zum ersten Mal erblickten wir das Meer. Der Meerwind berauschte ihn, und der Anblick des grenzenlosen Wassers versetzte uns beide in Trance. Es war, als wollte uns dieses Blau ins Weite entführen. Am ersten Tag blieben wir auf einem Felsen am Hafen sitzen und beobachteten die Fischerboote, bis die Dunkelheit hereinbrach. Als es Nacht wurde, sagte ich zu ihm, wir sollten in die Stadt zurückkehren und uns eine Unterkunft suchen. Aber er weigerte sich, er konnte sich vom Anblick des Meers nicht lösen. Ich gab klein bei, und so blieben wir sitzen. Wir aßen nichts als die Pistazien und Datteln aus meinem Rucksack. Auf diese Weise verbrachten wir fünf Tage und fünf Nächte am Ufer, warfen die Schalen und Kerne ins Meer und schauten ins Weite.

Am Abend des fünften Tags sagte er: »O Gott, was ist das für eine Sucht! Ich kann mich nicht satt daran sehen! Bis ich dieses Wasser verstehe, werde ich es noch sehr lange anschauen müssen. Aber los, jetzt gehen wir in die Stadt.« Also kehrten wir ins Zentrum zurück. Djamschid brauchte nicht lang, bis er zwei ältere Kurden fand und ihnen, da sie nur Kurmanci-Kurdisch sprachen, mit seinen Gesten klarmachte, dass wir ein Zimmer oder eine kleine Mietwohnung suchten. Zwei Landsleute aus dem Süden zu sehen, machte das reine Herz der beiden glücklich. Sie wussten, dass wir uns illegal in der Türkei aufhielten, uns vor der Polizei verstecken mussten und daher eine sichere Unterkunft brauchten. Sie halfen uns, einen Kellerraum zu finden, in dem auch ein paar kurdische Straßenverkäufer hausten. Diese Unterkunft war mit Djamschids Traum, ein luxuriöses Genießerleben zu führen, nicht vereinbar, aber wir hatten für den Anfang keine andere Wahl. Die beiden Alten besorgten uns noch in derselben Nacht zwei Betten. Wir legten uns hin und schliefen eine Nacht und einen Tag lang durch.

Schnell freundeten wir uns mit den kurdischen Straßenverkäufern und Bauarbeitern in Istanbul an. An manchen Tagen konnte ich ihnen Djamschid für einen kurzen Spaziergang überlassen. Ich zeigte ihnen, wie sie ihn an sich festbinden mussten. Auch der Onkel war froh, zur Abwechslung einen anderen Leinenhalter neben sich zu haben. Seine neuen Begleiter genossen den Spaziergang mit diesem sonderlichen, gewichtslosen Mann, der so ganz anders war als alle anderen Menschenwesen. Für sie war das wie ein Spiel. Im Handumdrehen umgab sich der Onkel mit einem großen Freundeskreis aus Türken und Kurmanci-Kurden, und zusätzlich zu seiner Zeichensprache lernte er einige Sätze in beiden Sprachen, um das alltägliche Leben in der Großstadt zu meistern.

Eines Nachts brachte uns ein Kurde namens Faisal in eine Bordellgasse. Überall standen Frauen in prächtigen Kleidern. Für uns war das wie ein unwirklicher Traum. Nicht einmal im Südirak hatte ich so viele attraktive Prostituierte auf einem Fleck gesehen. In meiner Stadt lebten sie unter armseligen, schrecklichen Bedingungen. Hier aber schienen sie frei und furchtlos, ja fröhlich ihrer Arbeit nachzugehen. Und ein weiteres Mal veränderte der Onkel sein Wesen.

In all den Jahren hatte er die Fähigkeit entwickelt, das Wehen des Windes vorauszuahnen. Wenn er merkte, dass der Wind schlief und er ohne Angst allein ausgehen konnte, wollte er seine Freiheit in vollen Zügen genießen. In dieser Nacht stand die Luft still, und er wollte sich um jeden Preis amüsieren. Bislang hatte ich ihn noch nie Alkohol trinken sehen, aber heute öffnete er eine Flasche Wein nach der anderen und kippte sie in sich hinein. Mir schien das gefährlich, denn er hatte die Reaktion seines Körpers auf Alkohol nie getestet. Umso mehr wunderte mich, dass der Wein ihm nichts antat, außer dass er ihm einen freundlichen Rausch bescherte. Faisal brachte uns zu einer Wohnung mit vielen jungen, sehr hübschen Frauen und sagte, dies hier sei ein ganz besonderer Ort, wir könnten uns mit jedem Mädchen unserer Wahl vergnügen. Ich sah die Blicke und das künstliche Lächeln der Frauen und schwor mir im selben Moment, gleich an welchem Ort der Welt ich mich befinden sollte, niemals mit einer Prostituierten zu schlafen. Djamschid dagegen trat über die Schwelle und blieb bis zur Morgendämmerung. Ich wartete draußen und beobachtete das Treiben auf der Straße.

Es war die erste von vielen solcher Nächte des Wartens vor den Freudenhäusern und Bars. Das Einzige, was ich in diesen langen Nächten lernte, war das Rauchen. Ich kaufte mir eine Schachtel Zigaretten, lehnte mich an eine Wand, rauchte und wartete auf ihn. Und ich entdeckte eine alte Gewohnheit wieder: den Himmel zu beobachten. Es war meine Rückkehr in die grenzenlose Weite und Leere. Offenbar fühlte ich mich darin geborgen.

Nach einem Monat war unser Geld so gut wie aufgebraucht. Den größten Teil hatte Djamschid bei den Kurtisanen ausgegeben. Längst hatte ich dieses Leben satt! Wie sein Leibwächter musste ich in der Nachtkälte auf ihn warten. Wenn er im Morgengrauen auftauchte, war er so betrunken, dass wir auf dem Weg zurück in unser Zimmer kein vernünftiges Wort wechseln konnten. Wir schliefen dann bis in den späten Nachmittag, und wenn er aufwachte, war er mürrisch und wortkarg. Er verbrachte endlos viel Zeit vor dem Waschbecken: rasierte sich mehrmals, putzte sich ein ums andere Mal die Zähne, spuckte ständig ins Waschbecken und streckte hin und wieder seine Hand durch das kleine Badezimmerfenster, um zu fühlen, wie stark der Wind wehte. Mich würdigte er keines Blicks.

»Wir müssen Schluss machen mit diesem Leben«, sagte ich. »Wir sollten uns um die Weiterreise kümmern und einen Schlepper finden, der uns nach Griechenland bringt.«

Er hörte den Ärger und die Sorge in meiner Stimme und erwiderte: »Keine Angst, ich erledige alles!«

Djamschid besuchte häufig ein Freudenhaus, das als das »Haus von Madame Mansura« bekannt war. Die Salons waren mit Kristallleuchtern, roten Vorhängen und osmanischem Dekor geschmückt, und im hinteren Teil befand sich ein weitläufiges türkisches Hamam. Dort, in den Wolken von heißem Dampf, lernte er Karabibar kennen. Diese Begegnung führte zu einer weiteren entscheidenden Veränderung unseres Lebens in Istanbul.

Karabibar war ein gedrungener, glatzköpfiger Mann, der enge Beziehungen zu den Spitzen der türkischen Polizei unterhielt und einen nagelneuen, teuren Wagen fuhr. Er arbeitete mit zwei wichtigen kurdischen Schleppern zusammen. Einer von ihnen hieß Mustafa Qasab, der Metzger, und der andere war, trotz seiner kurdischen Herkunft, unter dem türkischen Namen Burhan Ögüz bekannt. Beide waren wilde Gesellen und hatten ständig ihre Leibwächter um sich. Sie besaßen mehrere Häuser und waren berüchtigt, weil sie zu hungrigen Raubtieren wurden, wenn sich ihnen jemand in den Weg stellte. Zu dieser

Zeit waren bereits viele Flüchtlinge bei der Überfahrt nach Griechenland ertrunken oder in die Hände der türkischen Gendarmen geraten und in den Irak abgeschoben worden. Den beiden war das egal. Man erzählte sich, dass sie weibliche Flüchtlinge belästigten, sie in einem ihrer Häuser festhielten und nicht ziehen ließen, wenn sie Gefallen an ihnen gefunden hatten. Die Aufgabe von Karabibar bestand darin, den beiden mit Schmiergeldern für die Polizei den Rücken frei zu halten. Offenbar war Karabibar aber mit dem, was dabei für ihn abfiel, nicht zufrieden. Die beiden waren bei der türkischen Polizei nicht beliebt, und er fürchtete, eines Tages wegen seiner Vermittlerdienste selbst auf deren Abschussliste zu geraten. Im Dampf des türkischen Hamams machte er meinem Onkel ein Angebot: Djamschid solle Flüchtlinge anwerben, zu zweit würden sie dann Qasab und Ögüz aus dem Geschäft drängen. Djamschid war entzückt. Genau auf eine solche Gelegenheit hatte er seit unserer Ankunft gewartet.

Also gingen Djamschid und ich an die Orte, wo sich die kurdischen Flüchtlinge versammelten. Wir warben drei herumlungernde Jungen an, die Reisewillige für uns auftreiben sollten. Wir wussten, dass wir in große Schwierigkeiten mit Qasab und Ögüz geraten würden, aber Karabibar hatte Djamschid versichert, dass er sich diesbezüglich keine Sorgen zu machen brauche. Zwei Tage später stach einer der Ögüz-Männer in einem Teehaus am Hafen einen Reisewilligen nieder, der es sich anders überlegt hatte und nun nicht mit ihnen, sondern mit uns die Flucht nach Griechenland hatte wagen wollen. Der Vorfall bot der türkischen Polizei die Gelegenheit, die beiden Verbrecher festzunehmen und sie über die Grenze in den Irak abzuschieben. Djamschid hatte bei ihrer Ausschaltung geholfen, was sich schnell unter den Flüchtlingen herumsprach. Innerhalb einer Woche hatte mein Onkel in einem Heft die Namen von fünfzig Flüchtlingen notiert, die wir nach Griechenland bringen sollten. Anfangs betrachtete ich alles als ein verrücktes Experiment mit geringen Erfolgschancen. Aber Djamschid meinte, die neue Aufgabe sei ein Kinderspiel, verglichen mit dem, was er schon alles hatte tun und erleben müssen.

Im Bazar kauften wir Landkarten des türkisch-griechischen Grenzgebiets. Zwei Nächte lang verließen wir nicht das Zimmer und suchten die besten Schleichwege. Am Ende der zweiten Nacht sagte Djamschid: »Kein Geschäft der Welt ist so einträglich und stabil wie das der Schlepper. Menschen, die verzweifelt sind, werden immer versuchen, aus ihrer Heimat zu fliehen. Auch wenn die Hoffnung, anderswo glücklicher leben zu können, nichts als eine Dummheit ist, die die Menschen von ihrem Urahn Adam geerbt haben.« In jener Nacht war er äußerst gesprächig. Dass Adam aus dem Paradies vertrieben worden sei, hielt er für eine Mär. Ganz sicher hatte er vom Paradies einfach die Nase voll gehabt und wollte reisen! Aber wohin hätte er denn reisen können? Es gab ja nichts anderes als das Paradies. »Sicher hat Adam einen Antrag bei Gott gestellt, ihm einen Ort zu erschaffen, zu dem er reisen könnte. Er wollte ganz einfach hin und wieder weg aus diesem ewig gleichen Paradies, in dem er ständig im Kreis gehen musste. Aber Gott wollte ihm diesen Wunsch nur unter einer Bedingung erfüllen: Er müsse einen Apfel vom Apfelbaum essen, und dieser Apfel würde ihm die Augen öffnen. Wegen des himmlischen Geschmacks würde er das Paradies nicht mehr verlassen wollen. Aber Adam war ein Dummkopf und strebte nicht nach Erkenntnis und Weisheit. Er weigerte sich, in den Apfel zu beißen. Wie einer dieser verbohrten Dickschädel unserer Tage«, so seine Theorie, »die den Baum der Erkenntnis lieber anpinkeln, statt von seinen Früchten zu essen. Da schickte Gott Luzifer, seinen schlauesten und scharfsinnigsten Gefährten, um Adam zu verführen, in den Apfel zu beißen und danach auf ewig im Paradies zu bleiben. Aber Adam weigerte sich hartnäckig, er wollte einfach fort und war schon ganz niedergeschlagen. Da hatte der Mächtige Herrscher ein Nachsehen und erschuf ihm tatsächlich einen anderen Ort, weit weg vom Paradies. Aber Gott vergaß Adam dessen Undankbarkeit nicht! Und auch Luzifer verübelt er sein Versagen bis auf den heutigen Tag.« Wir seien Dummköpfe, wenn wir glaubten, dass Adam vom Apfel der Erkenntnis gekostet habe. Ein kurzer Blick auf den Zustand der Menschheit zeige, dass der Mensch seinen

Mund dieser Frucht niemals auch nur genähert habe. Immer schon habe er in Finsternis gelebt, und dabei werde es bleiben. »Der Allmächtige Herr war streng wie ein orientalischer Vater. Adam war ihm wie ein eigner Sohn. Er wollte ihn nicht verlieren. Drum bestrafte er ihn mit väterlicher Strenge, indem er ihn mit einer Frau verheiratete. So machte er den Menschen die Welt zur Hölle, er machte sie unfrei bis zum Jüngsten Gericht. Denn die wahre Hölle für die Männer sind die Ehefrauen. Und für die Frauen sind es die Gatten. Und das wird so bleiben.«

Der Onkel rüttelte die Geschichte von Adam und Eva so durcheinander, dass sie kaum wiederzuerkennen war. Ganz offensichtlich entsprang diese umgemodelte Schöpfungsgeschichte seinem momentanen Konflikt: Sollte er sich aus den Armen der türkischen Frauen reißen und endlich weiterreisen? Dieser Konflikt quälte ihn. Wenn ich ihn im Morgengrauen aus den Bordellen heimtrug, sagte er oft seufzend: »Das Einzige, was mich fest am Boden hält, sind die zarten Körper der türkischen Frauen.« Aber unser Geld schmolz dahin, wir mussten etwas unternehmen.

Die erste Gruppe, die wir über die Grenze brachten, umfasste mehr als sechzig Personen. Ich war Djamschids Schriftführer und Buchhalter. Genau trug ich die Namen der Flüchtlinge und die eingezahlten Beträge ein und bestimmte Abholzeit und Abholort. Über hunderttausend Dollar sammelten wir von dieser Gruppe ein. Sofort mieteten wir ein sauberes, großes Appartement, das zwischen Taksim und Taşkışla lag. Das Geld reichte sogar für einen geschlossenen Lastwagen, der natürlich auf Karabibars Namen eingetragen wurde. Im Bazar besorgten wir die notwendige Ausrüstung wie Rucksäcke, robuste Kleidung, Taschenlampen und Seile. Außerdem schenkte uns Karabibar zwei Nachtsichtgeräte, die er einem türkischen Soldaten abgekauft hatte.

In einer Sommernacht fuhren wir mit allen Passagieren los in Richtung Grenze. Kurz vor der griechischen Grenze, in einem hügeligen Urwald, unweit der Grenze zu Bulgarien, stiegen wir aus. Die Flüchtlinge zitterten vor Angst, und auch ich hatte ein mulmiges Gefühl. Djamschid aber freute sich über den Wind. Er war zuversichtlich, wir bräuchten keine Angst zu haben, dies hier würde die sicherste Reise werden, die wir in unserem Leben je angetreten hätten. Vor den Augen der Flüchtlinge packte ich die Seile aus, seilte ihn an und ließ ihn aufsteigen. Der Plan war wie folgt: Er sollte aus der Höhe die Wege beobachten. Dank Nachtsichtgerät würde ihm keine Bewegung am Boden entgehen. Es war ein guter Plan. Schwierig fand ich nur, im Gehen das Seil so zu führen, dass es sich nicht in den Bäumen verfing. Aber dank der Anweisungen, die mir Djamschid erteilte, wurde ich immer geschickter. Er hatte unterschiedlich geformte Kugeln und Ringe dabei, die jeweils eine bestimmte Bedeutung hatten. Diese ließ er am Seil heruntergleiten, wenn eine besondere Nachricht zu übermitteln war.

Seine Anweisungen gab ich dann an die Gruppe weiter. Um mich besser durchsetzen zu können, legte ich mir einen scharfen Kommandoton zu.

Schon in der ersten Nacht passierten wir die türkische und die griechische Grenzpolizei. Es gelang uns, vierzig Kilometer weit auf griechischen Boden vorzudringen. Tagsüber schliefen wir. Die Städte Alexandroupoli und Komotini mussten wir meiden, da die griechische Polizei sie streng überwachte und jeden Fremdling erbarmungslos verhörte. Wir zogen also auf die Hafenstadt Kavala zu. Wir fühlten uns sicher, denn nach jedem Nachtmarsch fand Djamschid für uns abgelegene Verstecke, und die Zuversicht unserer Kunden wuchs, mit seiner Hilfe das Ziel heil zu erreichen.

Nachdem wir die erste Gruppe unversehrt nach Griechenland geschleust hatten, wuchs Djamschids Ruf, und unser Geschäft expandierte dermaßen, dass wir kaum hinterherkamen. Durch die Schleppergebühren wurden wir so reich, dass wir nicht wussten, wohin mit dem vielen Geld. Nachts überschüttete er die jungen Frauen von Madame Mansura mit türkischer Lira und amüsierte sich so exzessiv, dass ich mir Sorgen um seine Gesundheit machte.

Das ging so über ein Jahr. Manchmal stießen wir bis Athen vor, aber auch dort dachte er nur an Frauen und an sein Vergnügen. Mehr als dreiunddreißig große Gruppen brachten wir nach Griechenland, ohne von der türkischen oder griechischen Polizei entdeckt zu werden. Der beflügelte Khan bewachte uns von oben, beschützte gewissenhaft alle Flüchtlinge, besorgte vor der Reise Medikamente, kümmerte sich um die Kinder und war besonders umsichtig und aufmerksam, wenn wir Frauen dabeihatten. Obwohl er in den Bars und den Bordellen herumfickte, trank, Frauen begrapschte und sich überhaupt danebenbenahm, behandelte er die Frauen in den Flüchtlingsgruppen anständig. Wenn jemand erschöpft war oder zurückblieb, zwang er alle anzuhalten. Er ließ in der Wildnis keinen im Stich. Wenn wir eine Person verloren, riskierte er es, auch tagsüber aufzusteigen, um nach ihr zu suchen. Alle Mitreisenden bekamen vorab schriftliche Anweisungen, an die sie sich zu halten hatten. Die gute Organisation und die Gleichbehandlung der Flüchtlinge, ob sie nun aus Afghanistan, Pakistan oder Sri Lanka kamen, trugen zu seinem guten Ruf bei. Für die Dauer der Flucht gab es für ihn keinerlei Unterschiede zwischen den Menschen: Reich oder arm, es war egal. Nationalität, Geschlecht und Religion, alle Unterschiede waren außer Kraft gesetzt. Für ihn zählte nur, dass unglückliche Menschen zusammen ins Ungewisse flüchteten.

Wenn er betrunken war, wurde er zum Hochstapler und erzählte wilde Geschichten über seine Tätigkeit und rühmte sich als einen Propheten, der eine neue Nation in ein unbekanntes Land und aus einem Zeitalter in ein anderes geleite. »Die Flüchtlinge bilden eine neue Nation«, posaunte er dann hinaus.

Auffällig war seine unstillbare Sehnsucht nach dem Meer. Wenn wir uns dem Wasser näherten, ließ er oft drei quadratische Perlen herunterrutschen, was bedeutete, ich solle ihn noch höher steigen, ihn das Meer beobachten und frische Meerluft atmen lassen. Er genoss es, in der einsetzenden Abenddämmerung die schläfrigen Schiffe und die griechischen Fischer am Ufer durch sein Fernglas zu betrachten.

Bald hatten wir unsere erste Million verdient. Djamschid wickelte die Banknoten in schwarze Nylontüten und trug immer einen Vorrat in seinem Rucksack mit sich herum. Ich wusste schon gar nicht mehr, wo ich das viele Geld verstecken sollte. Als Reserve für schwierige Zeiten vergrub ich dreihunderttausend Dollar unter einem großen Felsen am Ufer des Marmarameers. Djamschid verriet ich den Ort nicht, da ich befürchtete, er würde sonst alles über die tanzenden Frauen von Madame Mansura ausschütten.

Die Arbeit war hart, und die Sicherheit der Gruppe hing von mir ab. Ich schlief weniger als die anderen und hatte kaum Pausen. Ständig war ich auf der Hut, und vor Übermüdung wurde mir manchmal schwarz vor den Augen. Die weiten Märsche ruinierten meine Gelenke. Eines Tages flehte ich Djamschid an, aufzuhören und mit mir nach Europa zu gehen, damit wir uns endlich von der ständigen Überanstrengung erholen könnten. Zudem wuchs in mir die Sorge, dass wir eines Tages vor unüberwindlichen Schwierigkeiten stehen und alles verlieren könnten.

»Nur noch ein Jahr. Dann haben wir so viel Geld angehäuft, dass wir bis zu unserem Lebensende nicht mehr arbeiten müssen«, entgegnete er.

Wir hatten gerade wieder eine große Gruppe nach Athen geschafft, als unser Freund Karabibar von zwei türkischen Schleppern in der Nähe von Izmir umgebracht wurde. Der Mord hatte schwerwiegende Konsequenzen für uns, denn Karabibar war der Einzige, der uns die Polizei vom Halse halten konnte. Wir hatten unseren wichtigsten Unterstützer verloren. Ich bat Djamschid flehentlich, nicht in die Türkei zurückzukehren, sondern direkt von Athen aus nach Italien zu fahren. Aber er wollte sich unbedingt von seinen Freudenmädchen verabschieden und sich ein letztes Mal mit ihnen vergnügen. »Das wird die letzte schöne Erinnerung meines Lebens sein, verstehst du? Wenn ich mich nicht verabschiede, wird mich die Sehnsucht nach ihnen eines Tages umbringen. Habe ich dir nicht gesagt, dass für den Mann nur eine Hölle existiert, und dass diese Hölle die Frau ist?«

Die Folgen des Mords an Karabibar bekamen wir sehr bald zu spüren. Nur seinetwegen hatten es die kurdischen Schlepperbanden nicht gewagt, uns in die Quere zu kommen. Kaum war er beseitigt, verrieten sie der Polizei unsere Routen. Als wir auf unserem Rückweg die griechische Grenze überschritten, wurden wir von der türkischen Gendarmerie überfallen. Es stürmte, Djamschid Khan befand sich noch in der Luft. Sie hatten ihr Versteck so gewählt, dass er sie von

Norden aus nicht ausmachen konnte. Mithilfe eines kurdischen Dolmetschers ließen sie uns wissen, wir seien umzingelt, und es sei besser für uns, wir würden uns stellen.

Mein Onkel, der jede Menge Geld in seinem Rucksack trug, wollte auf keinen Fall in die Hände der Türken fallen. Von oben gab er mir die Anweisung, ihn loszulassen. Aber der Wind wehte sehr stark in Richtung Südost, und ich fürchtete, er würde übers Meer getragen werden und ertrinken. Besser sollten wir beide verhaftet werden. Ich behielt das Seil in der Hand und blieb stehen. Da spürte ich plötzlich, wie er das Seil durchtrennte. Der Wind trug ihn höher und höher und riss ihn mit sich, dem Meer entgegen. Das versetzte meinem Herz einen solchen Stich, dass ich, ohne auf die Gendarmen zu achten, wie ein Irrer schrie: »Nicht, Djamschid Khan, nicht!«

Und schon stürmten sie heran. Gleich vom ersten Schlag fiel ich in Ohnmacht und wachte erst am nächsten Tag im Krankenhaus wieder auf.

Das Geld, das ich bei mir trug, steckte ich dem Polizisten zu, der meinen Fall bearbeitete. Nach zwei Wochen wurde ich aus dem Gefängnis entlassen und kehrte nach Istanbul zurück.

Die Nachricht von Djamschids Verschwinden verbreitete sich in der ganzen Stadt. Madame Mansuras Frauen hielten für ihn eine Trauerfeier ab, und in Istanbul sprachen mir die, die mich kannten, ihr Beileid aus, wenn ich ihnen über den Weg lief.

Ich blieb noch einen Monat und trieb mich ziellos in der Stadt herum. Alle glaubten meine Geschichte, außer ich selbst. Warum erzählte ich allen, dass er im Meer ertrunken sei? Hatte ich ein schlechtes Gewissen, weil ich in der brenzligen Situation nichts für ihn hatte tun können? Oder war ich zu erschöpft, um mich noch einmal auf die Suche nach ihm zu machen? Ich glaube, heimlich hatte sich in all den Jahren der Wunsch in mir breitgemacht, er möge sterben. Hatte ich nicht die Hälfte meines Lebens als sein Seilhalter und Knecht in Kälte und Finsternis verbracht?

In einer stockdunklen Nacht schlich ich zum Felsen am Marmarameer, holte mir das versteckte Geld, nahm ein Taxi und ließ mich direkt nach Silopi fahren. Von dort wanderte ich, ausgerüstet nur mit einem großen Rucksack, allein bis nach Hause.

Dieses Mal vergingen zehn Jahre, bis Djamschid wieder auftauchte. Ich wartete auf ihn. Ich wusste, dass er eines Tages heimkehren würde.

Tagelang wehte ihn der Wind übers Meer, und dann über ganz Griechenland hinweg. Er wurde in der Luft ohnmächtig, kam wieder zu sich, schlief ein und erwachte, sah die Sonne auf- und untergehen, beobachtete die großen Schiffe und die kleinen Fischerboote. In der Ferne tauchte kurz die nordafrikanische Küste auf. Dann trieb ihn der Wind wieder Richtung Norden, und er fand nichts, an dem er sich hätte halten können. Eines Nachts flaute der Wind plötzlich ab.

Mitten über dem offenen Meer fiel er vom Himmel und schlug auf der Wasseroberfläche auf. Er ging aber nicht unter, sondern lag auf dem Wasser, ohne zu ertrinken. Wie ich später erfuhr, zogen ihn zwei italienische Fischer in ihr Boot.

Auch diesmal hatte er das Gedächtnis verloren. Was er noch wusste: Ich bin Kurde, ich kann fliegen, und in meinem Rucksack steckt viel Geld. Er bat die Fischer, ihn bei nächster Gelegenheit aufsteigen zu lassen. Der Wind würde ihn in die Heimat bringen.

Zehn Jahre lang stieg er auf und fiel herunter, wenn der Wind wieder einschlief. Und jedes Mal schlug er in einer anderen Gegend auf: einmal auf Malta, dann auf Zypern, auf Kreta, an der albanischen Küste … Seine Reise führte ihn, abenteuerlicher als jede Odyssee, über alle Grenzen hinweg. In fremden Städten schlug er sich durch und lernte neue Sprachen. Er spürte den Wunsch, in die Heimat zurückzukehren. Aber als Mensch ohne Identität, ohne Pass, ohne Geld und ohne Freunde oder Gefährten konnte er nichts anderes machen, als an windigen Tagen auf eine Anhöhe zu klettern und sich vom Wind entführen zu lassen. Er begegnete aber keinem Sturm, der ihn weit genug getragen hätte. Und weil er mit jedem Sturz wieder alles vergaß, wusste er bald selbst nicht mehr, wo und wie er diese zehn Jahre überstand und was eigentlich mit seinem Geld geschehen war.

An einem heißen Sommertag fiel er über der attischen Gemeinde Lavario aus dem Himmel. Ein

Lastwagenfahrer, der Obst nach Athen brachte, hob ihn auf und brachte ihn ins Krankenhaus. Ein Mann, dünn wie Zigarettenpapier, wie er sich einmal, nicht ohne Übertreibung, beschrieb. »Ein Mann, der durchsichtig ist wie ein Reagenzglas. Alt, erschöpft, ohne Gedächtnis und pleite. Ein Geschöpf, das dazu verurteilt ist, jedes Mal wieder von vorn zu beginnen.«

Die Krankenschwester verstand nur, dass er ein Kurde sei. Das war, was Djamschid nie vergaß. Die Schwester wohnte in einem Mietshaus, und über ihr zwei kurdische Arbeiter. Eines Abends brachte die Schwester die beiden mit, damit sie für diesen ausgemergelten Mann, dessen Sprache niemand verstand, dolmetschten. Die jungen Männer erkannten Djamschid auf der Stelle: den fliegenden Schlepper, der angeblich im Meer ertrunken war. Sie hatten ihn in bester Erinnerung. Deshalb nahmen sie ihn, nachdem man ihn einigermaßen kuriert hatte, mit zu sich und beschlossen, ihm zu helfen.

Ich habe nie herausgefunden, wer auf die geniale Idee kam, Onkel Djamschid in einen Sarg zu stecken und so in die Heimat zurückzuverfrachten. Offenbar war dies der sicherste Weg. Die beiden jungen Männer beauftragten einen Freund, der teure Autos aus dem Westen nach Kurdistan überführte, Djamschid mitzunehmen. Er wurde in ein Leichentuch gewickelt, in einen Sarg gesteckt und durch ganz Griechenland und die Türkei gefahren. Jeder, der an einem Checkpoint den Sargdeckel öffnete, wunderte sich über

Djamschid, der mit geschlossenen Augen regungslos dalag. So kehrte mein Onkel in unsere Stadt zurück. Auf dem Weg in die Heimat förderte seine Erinnerung nur wenige Dinge wieder zutage: seinen Namen, den Namen seines Vaters und seines Bruders.

Als sie die Stadt erreichten, entstieg Djamschid dem Sarg und wurde im Haus des Mannes, der ihn in die Heimat gebracht hatte, gastfreundlich aufgenommen. Der Fahrer benachrichtigte unsere Familie.

Die Nachricht von seiner Wiederkehr schlug ein wie ein Blitz, denn all die Jahre hatten sie an meine Geschichte, dass er im Meer ertrunken sei, fest geglaubt. Nur ich hatte es besser gewusst.

Die Nachrichtenagentur

Als ich meinen Onkel nach zehn Jahren wiedersah, saß er, eingewickelt in eine Decke, auf einem großen Stuhl und aß Chips. Er sah sich eine Kinderserie im Fernsehen an und lachte schallend. Er schaute mich an und rief: »Ich kenne dich, ich kenne dich doch! Du bist der, mit dem ich in Baranok Pilze gegessen habe!«

Ich ging vor ihm in die Knie, hielt seine Hände und sagte erschüttert: »Ja, mein lieber Onkel, ja, ich bin es!« Er war alt geworden. Meersalz und Wind hatten sein Gesicht gegerbt und verätzt. Seine Augen schienen kleiner geworden zu sein, und aus seiner Miene sprach ein Schmerz, den ich noch nie an ihm wahrgenommen hatte.

Die nächsten Wochen war ich nur der, mit dem er Pilze in Baranok gegessen hatte. Nichts anderes war ihm von den vielen gemeinsamen Jahren in Erinnerung geblieben. Wie früher trug ich ihn die Treppe hinauf in sein Zimmer im Obergeschoss. Das Treppensteigen zeigte mir, dass auch ich alt geworden war, sehr alt!

Nach seinem Verschwinden hatten mir die Großeltern angeboten, sein Zimmer zu übernehmen. Ich wohnte dort, ohne etwas zu verändern. Die meiste Zeit verbrachte ich allein. Smail arbeitete bei einer Tageszeitung. Alle paar Monate besuchte er mich, und wir saßen für ein paar Stunden zusammen. Ich führte ein elendes Leben. Jeden Tag ging ich zwei Stunden raus, trank in einem Teehaus einen Tee und lief nach Hause zurück. Die meiste Zeit beobachtete ich den Himmel, sonst tat ich nichts. Ich stellte einen Stuhl auf den Balkon, setzte mich, beobachtete Wolken und Sterne und wartete auf den Tag, an dem ich Djamschid am Himmel erspähen würde. Teetrinken und Rauchen, das waren meine einzigen Vergnügungen. Ich machte ein paar Versuche, über sein Leben zu schreiben, aber da ich nicht wusste, wie ich es angehen sollte, gab ich jedes Mal wieder auf. Zur Abwechslung fuhr ich gelegentlich nach Baranok, um zu wandern und frische Bergluft zu schnappen. Wochenlang blieb ich dort. Nachts streifte ich durch die Wälder. Diese Spaziergänge halfen mir, die schwarzen Gedanken aus meinem Kopf zu vertreiben. Wenn ich dann nachts auf einem Gipfel stand, stellte ich mir vor, wie es wäre davonzufliegen. Ein einziges Mal wollte ich erleben, was Djamschid erlebt hatte. Die Welt von oben sehen. Von hoch oben. Die Gelassenheit und Befreiung spüren, die sich dort droben einstellten und die mir leider völlig abgingen. Ich vermisste das Hantieren mit den Seilen, die Verantwortung für die Ausrüstung, mit der ich ihn abheben ließ. Es war, als hätte ich mit ihm auch mich selbst verloren. Als wäre ich nach seinem Ertrinken in der Leere meines Lebens und der Kälte der alltäglichen Verrichtungen selbst ertrunken. Nur seine Leinen hatten mich mit dem Himmel, dem Universum, der Ferne verbunden.

Sollte ich heiraten? Und mir eine Arbeit suchen? Ich entschied mich dagegen. Das Geld, das ich aus der Türkei gerettet hatte, sicherte mein Auskommen. Dennoch führte ich ein Leben wie ein Asket: aß wenig und kaufte mir selten neue Kleidung. Zigaretten und schwarzer Tee genügten mir zum Leben. Als dann Großvater Hissam und Großmutter Piroz starben, blieb ich allein im Haus zurück. Die Familie wollte das Haus nicht verkaufen, sondern es zur Erinnerung an die Großeltern erhalten. Mir war das recht so. In all den Jahren hatte ich den Eindruck, mir seien die Hände gebunden und ich könne eigentlich nichts unternehmen, denn im Grunde wartete ich auf seine Rückkehr. Eine innere Stimme sagte: Wenn du eine Familie gründest und der schwache Khan kommt zurück, wer soll denn dann auf ihn aufpassen und sein Seilhalter sein? Und wenn du eine Arbeit findest, wer wird sich dann um ihn kümmern? So lieferte mir der Onkel eine hervorragende Ausrede, mein Leben nicht in die Hand zu nehmen. Ich versank in der Beobachtung des Himmels, ohne dass mir die Himmelsleere je geantwortet oder mir etwas zurückgegeben hätte.

Und nun war Djamschid Khan wieder da! Aber er wusste nicht, wer ich war. Nur dass wir miteinander in Baranok Pilze gegessen hatten. Es dauerte Monate, bis einige Erinnerungen zurückkehrten. Bald gewöhnte er sich wieder an sein Zimmer und verbot mir sogleich, es zu betreten. Darüber freute ich mich, denn es war ein Zeichen für seine Rückkehr ins Leben.

Seltsam war nur, dass er dieses Mal den Verlust seiner Erinnerungen tief bedauerte. Er bemühte sich, die Geschichte seines eigenen Lebens zurückzugewinnen. Mit Smail ging er in die Stadtbibliothek, lieh sich dort arabische Bücher zur Kunst des Biografie-Schreibens aus und begann, sie zu studieren. Er sagte, schreibend wolle er versuchen, seine Gedächtnislücken zu füllen. Eines Nachts fragte er mich: »Wenn ich mein Leben aufschreibe, wird sich irgendjemand für dieses Buch interessieren?« Ich wunderte mich über seine Frage, denn er kannte nur Bruchstücke seines Lebens. Er konnte sich nicht einmal daran erinnern, dass Iran und Irak sich erbittert bekriegt hatten, und ging davon aus, dass er in seiner Jugend aus Angst vor dem Vater nach Baranok geflüchtet war. Als ich ihm die Fotos seiner Hochzeit mit Safinaz zeigte, meinte er: »Ich erinnere mich an viele Frauen, aber diese Safinaz habe ich nie gesehen. Das ist sicher wieder eine deiner vielen Lügen!« Als ich ihm gestand, dass auch ich vorgehabt hatte, ein Buch über sein Leben zu schreiben, dachte er kurz nach und sagte dann: »Jeder Mensch hat irgendwann den Wunsch, ein Buch zu schreiben.

Jeder denkt irgendwann darüber nach.« Hartnäckig verfolgte er seinen Plan, die Geschehnisse der zehn Jahre, in denen er verschollen gewesen war, zu Papier zu bringen. Ich war skeptisch, aber es machte mich zugleich glücklich, denn ich nahm es als ein Zeichen für seine Bereitschaft, sich mit sich selbst auseinanderzusetzen. Sein ganzes Leben war so: Immer schwankte er zwischen grenzenlosem Mut und bodenloser Feigheit. Mehrere Monate arbeitete er heimlich daran. Vor mir versuchte er gar nicht, es zu verbergen, denn er meinte zu wissen, dass ich eigentlich weder lesen noch schreiben könne. Den Dorfjungen, der mit ihm Pilze gegessen hatte, hielt er für einen unverbesserlichen Analphabeten.

Seine Aufzeichnungen legte er in einem roten Ordner ab und übergab ihn Smail. Zwei Tage später tauchte dieser mit einem Gesichtsausdruck wieder auf, der verriet, dass er Djamschids Reisegeschichten wertlos und abwegig fand. Sie handelten von Abenteuern, in denen er der Kapitän eines großen Schiffs war, Seemonstern begegnete, von Meerjungfrauen entführt wurde und auf einer Insel mit lauter schönen Frauen strandete. Danach war er Gefangener eines einäugigen Monsters an einem unbekannten Ort. Nach Smails Meinung hatte Djamschid die eigene Geschichte mit den Abenteuern des Odysseus durcheinandergebracht, die er möglicherweise auf seinen Reisen gelesen oder die man ihm erzählt hatte. Dabei hatte ich so sehr auf Erkenntnisse über seine letzten zehn Jahre gehofft! Zuletzt sah auch Djamschid sein Scheitern ein. »Nur Schwachköpfe schreiben Bücher über sich selbst. Gute Bücher werden geschrieben, damit sich der Mensch selbst vergisst, und nicht, damit er in die eigenen schwarzen Löcher fällt«, erklärte er und verbrannte all seine Manuskripte.

Als wir in einer windigen Nacht von einem Abendessen bei Onkel Adib nach Hause zurückkehrten, beschloss er, die Suche nach sich selbst aufzugeben und sich der Enthüllung der »Welträtsel« zu widmen. Ich gestehe, dass ich mit der Formulierung »Welträtsel« zunächst überhaupt nichts anfangen konnte. Aber mit der Zeit begriff ich den Sinn dahinter.

Djamschid und Smail kamen sich näher. Djamschid bewunderte Smail. Wer für eine Zeitung arbeitete, war seiner Hochachtung sicher. Ich erlaubte mir einmal, ihm zu sagen: »Mische einen Löffel gescheiterter Autoren mit einem Löffel schlechter Politiker in einem Topf Wasser, verrühre alles ordentlich, gib dann einige Teelöffel Mullah-Geschwätz dazu und koche die Brühe gut auf. Dann hast du das Gebräu, das man in unserem Land hochkarätigen Journalismus nennt.« Djamschid zischte wütend, ich beschmutzte einen ehrbaren Beruf. Um ihn noch weiter zu reizen, fügte ich hinzu: »In dem Stuhl, auf dem wir sitzen, der von einem ungebildeten Tischler angefertigt wurde, steckt mehr Kunst und Wissen als in all den Zeitungen, die wir auf dem Stuhl sitzend lesen.«

»Du hast offenbar nichts anderes zu tun, als mich zu verletzen«, fuhr er mich wütend an. »Du bist ein Tölpel, und in den zehn Jahren, in denen ich nicht da gewesen bin, bist du noch tiefer im Sumpf des Unwissens versunken. Geh mir aus den Augen und lerne erst mal Lesen und Schreiben. Du warst schon damals ein dummes und nutzloses Kind. Und hast mit den Jahren das wenige, das du gelernt hast, auch noch vergessen! Such dir lieber eine vernünftige Arbeit, statt den ganzen Tag in den Himmel zu schauen oder deine Zeit mit Rauchen und Teetrinken zu vergeuden.« Ehrlich gesagt, lag er damit nicht ganz daneben. Denn obwohl ich mich abgemüht hatte, in krakeliger Handschrift sein Leben aufzuschreiben, hatte ich schon lange kein richtiges Buch mehr von vorn bis hinten durchgelesen. Doch wenn Djamschid so auf mich losging, baute ich mich mit ausdruckslosem Blick vor ihm auf und sah ihn an, ohne mit der Wimper zu zucken, was ihn geradezu wahnsinnig machte.

Er ging gern in die Zeitungsredaktion, um Smail zu besuchen. »Dort pulsiert die Welt«, sagte er, »und man spürt, wie sehr sie sich zum Positiven verändert. Eine strahlende neue Epoche bricht an!« Mich hielt er für unwürdig, ihn zu begleiten: »Ich fürchte, dass du große Dummheiten anstellst und dich so peinlich benimmst, dass wir für negative Schlagzeilen sorgen.«

Er war offenbar so beeindruckt von seinen Besuchen, dass er beschloss, eine verdeckte Nachrichtenagentur zu gründen. »Wir werden die Geheimnisse

der Welt aufdecken und Geld damit verdienen.« Er
ließ sich eine Internetverbindung einrichten und
abonnierte Zeitungen und Magazine. Ich musste
ihm aus den Bibliotheken Unmengen von archivier-
ten Zeitungen anschleppen. Innerhalb kürzester Zeit
verwandelte sich das Haus in ein einziges Altpapier-
lager. Die Treppen, die Balkone, sein eigenes Bett, alles war mit Papier bedeckt, sogar sein Kleiderschrank
und die Küchenregale quollen über! Das meiste blieb
ungelesen, denn er fand gar keine Zeit zum Lesen.
Aber ich durfte kein einziges Blatt wegwerfen oder
Ordnung in sein Chaos bringen. Er behandelte mich
wie seinen persönlichen Diener und legte es darauf an,
mich zu demütigen. Mehrmals täglich ließ er mich die
Toilette putzen. Ich musste mich mit Kölnischwasser
rein machen und meine Hände mit Dettol desinfizie-
ren, bevor ich seine Sachen anfasste.

Seine Beziehung zu Smail und zu meiner Cousine
Layla, der Tochter von Onkel Zafar, wurde immer
enger. Layla Zafar Khan war ein hübsches Mädchen
und hatte sich für den frisch gegründeten Studien-
gang Journalismus eingeschrieben. Sie gehörte zu jenen Frauen, die ich bei meinen Heiratsüberlegungen
in Betracht gezogen hatte, aber der Altersunterschied
war zu groß. Zudem munkelte man, sie habe schon
eine Beziehung zu einem Journalisten. Ins Gewicht
fiel auch, dass die ständige Himmelsbeobachtung
mich nicht gerade attraktiver gemacht hatte: Mein
Mund stand andauernd offen, und meine Nase war

geschwollen. Djamschid erklärte das so: »Wer ständig in den Himmel schaut, dem schwillt die Nase. Aufgrund der Kopfhaltung bildet sich atmosphärischer Überdruck in der Nase und deformiert sie. Was ›Atmosphäre‹ bedeutet, werde ich dir nicht erklären. Du musst selbst für deine Bildung sorgen.« Er hielt mich für derart hirnlos, dass ich ihm ohne Wenn und Aber auch den größten Stuss abnähme.

Bis in die späte Nacht hinein saß er vor dem Computer und trieb sich unter fiktiven Namen mit irgendwo geklauten Porträtfotos in verschiedenen Chatrooms herum. Offensichtlich benahm er sich völlig daneben. Beim Chatten brüllte er, dass es durchs ganze Haus tönte, und wenn er das Haus verließ, ließ er seinen Computer ungesichert eingeschaltet. Eines Nachts zeigte er auf den Computer und sagte: »Das Einzige, was magischer ist als das Fliegen, ist diese Welt.« Über das wirkliche Fliegen verlor er kein Wort mehr. Im einen Chatroom griff er unter dem einen Namen einen Schriftsteller an und attackierte ihn mit allerlei Unterstellungen. Unter einem anderen Namen und in einem anderen Chatroom verteidigte und lobte er denselben Schriftsteller als »den größten Autor des Jahrhunderts« und ging auf den Angreifer los, der er selbst war. Mit diesem falschen Spiel stiftete er Unfrieden: In einer Nacht trat er als gläubiger Mann auf und in der darauffolgenden Nacht als extremistischer Linker, und wieder in einer anderen Nacht sprach er wie ein fanatischer kurdischer Nationalist.

Mal war er Befürworter von Gewaltanwendung, und dann wieder predigte er gelassen und ruhig Toleranz und Akzeptanz. Mich wunderte sein Durchhaltevermögen: Nachts schlief er kaum und ruhte sich auch tagsüber nicht aus. Meistens kam Layla morgens vorbei, band ihn an sich fest und nahm ihn mit. Immer wieder fragte ich die beiden, wo sie hingingen, was sie vorhätten und warum sie mich nicht mitnähmen. Djamschids gleichbleibende Antwort: »Wir arbeiten für die Nachrichtenagentur. Das geht dich nichts an.«

Bald behandelten mich nicht nur Djamschid, Layla Zafar und Smail wie einen Dienstboten, sondern auch die restliche Familie. Für die ganze Sippe musste ich Botengänge machen, Nachrichten überbringen und ihnen die schweren Arbeiten abnehmen. Ich ließ mir alles gefallen, denn ich war stumpf und mutlos geworden. Ich schuftete wie ein schweigender Esel, bis ich es geschafft hatte. Ganz gleich, bei welchem Verwandten ich zum Arbeiten war, man schob mir einen Teller Reis hin, und hungrig, wie ich war, aß ich ihn dankbar leer.

Meine wenigen freien Stunden, wenn Djamschid nicht zu Hause war, verbrachte ich mit dem Lesen der Zeitungen und Magazine, die sich in jeder Ecke türmten. So viele Schreiberlinge waren plötzlich in unserem Land aufgetaucht, die über einfach alles in der Welt schrieben: von den Dessous der Schauspielerinnen bis zur Korruption der Parteivorsitzenden und Abgeordneten. Manchmal musste ich mitten im Lesen ins Freie laufen, den Kopf heben und in die unendliche Tiefe des Himmels schauen, um die Wirkung der leeren Worte abzuschütteln, von denen ich Bauchschmerzen bekam.

Wenn er dann spät in der Nacht oder im Morgengrauen wieder ins Haus zurückkkam, war ich mir sicher, dass er aufgestiegen war und stundenlang geschwebt hatte. In regnerischen Nächten war er triefend nass wie ein kranker Spatz. Und in Nächten mit wirbelndem Sand waren seine Kleider von Staub überzogen.

Er hatte Mobiltelefone für sich und mich gekauft. »Der moderne Mensch muss mit der Zeit gehen. Was denken sonst die Leute.« Meine Anrufe aber drückte er weg, sobald er meine Nummer sah. Einmal brauchte ich dringend etwas von ihm und probierte es deshalb mehrmals hintereinander. Als er nach Hause kam, war ich bereits auf dem Sofa im Gästezimmer unter dem Sirren der Stechmücken eingeschlafen. Zornig weckte er mich, entriss mir das Telefon und schimpfte: »Weißt du, was das ist? Die größte Erfindung der Menschheit seit den Zeiten von Adam und Eva! Generationen haben sich den Kopf zerbrochen, um so etwas zu entwickeln, und nun gerät es in die Hände eines hirnlosen Geschöpfs, das seine tiefere Bedeutung nie begreifen wird!« Er schleuderte es gegen die Wand und zerschmetterte es.

Ich hatte das ständige Herumsitzen zu Hause und die Trennung von Djamschid satt. Irgendwie hielt ich es für mein gutes Recht zu erfahren, womit er beschäftigt war. Er aber wimmelte mich ab: »Lass mich in Ruhe, die Nachrichtenagentur nimmt meine ganze Zeit in Anspruch.« Dann fand ich heraus, dass sie in einem der hohen, modernen Gebäude ein Büro gemietet hatten. Ich wagte es, Smail zur Rede zu stellen: »Früher waren wir Brüder und Freunde! Nun ist aus dir ein bekannter Journalist geworden, und ich bin immer noch ein Nichts. Alle behandeln mich wie einen Dreck. Aber egal. Sag mir nur eins, nach all den Jahren, in denen wir Khans Leinenhalter gewesen sind: Was macht ihr in diesem Büro?« Die Antwort Smails war ein Haufen nichtssagender Sätze, begleitet von einem heimlichtuerischen Grinsen, bevor er mich wegschickte.

Eines Tages ließ Layla einen dicken Ordner zu Hause auf Djamschids großem Schreibtisch liegen. Gegen Mittag kam sie, um den Ordner zu holen. Aber da hatte ich ihn bereits, Seite für Seite, gelesen. Ich glaubte meinen Augen nicht. Im Ordner waren Dutzende Akten mit Geschichten und Geheimnissen, denen die Agentur auf der Spur war. Wie zum Beispiel die Geschichte von Suleiman Khalid. So hieß der Killer, den eine Partei beauftragt hatte, einen wohlhabenden, einflussreichen Mann so auszuschalten, dass es nicht nach Mord aussah. Oder die Hintergründe zum Fall einer gewissen Frau Narmin, deren Bruder einen immensen Geldbetrag an eine belgische Bank überwiesen hatte. Die Beweisstücke zu zwei Politikern, die während der kurdischen Revolution den

Baathisten als Spione gedient hatten und deren Unterlagen in Djamschids Hand geraten waren. Belege zu Schmiergeldern, die eine Parteizentrale an den Redaktionsleiter einer unabhängigen Tageszeitung überwiesen hatte mit dem Auftrag, den Ruf bestimmter Persönlichkeiten zu ruinieren. Dokumente über einen Parlamentarier, der einer jungen Studentin, mit der er heimlich ein Verhältnis hatte, einen kostspieligen Wagen kaufte. Schließlich die Akte von Oberst Fathi Nariman, Oberst Rasul Mam Schayer und Oberst Aba Denivar, die ein Netzwerk für den Handel mit Prostituierten koordinierten. Dazu Dutzende weitere Geschichten. Nachdem ich mir einen Überblick verschafft hatte, war mir klar, welche Ziele die Nachrichtenagentur verfolgte und was er mit den »Welträtseln« gemeint hatte.

Wenn freitags sein Büro geschlossen war, kamen zuweilen Fremde zu ihm nach Hause. Er empfing sie im großen Gästezimmer im Erdgeschoss. Dann schickte er mich weg, ich sollte die Zimmer reinigen oder die Toiletten putzen. Ich fand jedoch immer einen Weg, sie zu belauschen und in Erfahrung zu bringen, was sie hinter verschlossenen Türen besprachen. Einmal kam eine elegante junge Frau zu ihm, die während des Treffens ununterbrochen weinte und ihn anflehte, sie nicht bloßzustellen. Sie schwor unter Tränen, sie würde alles für ihn und seinen Diener, damit war ich wohl gemeint, tun, nur möge er ihr die privaten Fotos und Dokumente zurückgeben. Aber mein Onkel teilte ihr mit, sie habe ihm binnen einer Woche fünfzigtausend Dollar auszuhändigen, anderenfalls würde er alles im Internet veröffentlichen. In der Woche darauf sah ich auf der dritten Seite von Smails Zeitung einen Artikel mit einem Foto der Frau. Sie hatte sich angezündet. Ein anderes Mal kam ein Politiker von einer der kleinen Parteien zu ihm. Er zitterte wie Espenlaub, fiel Djamschid zu Füßen und bettelte ihn an, die Beweise für die Verwicklung seiner Partei in den Kokainschmuggel nicht zu veröffentlichen. Djamschid verlangte jedes Mal unvorstellbar hohe Geldbeträge, und ganz bestimmt machte er ein ebenso unvorstellbar großes Vermögen damit. Aber er brachte sein Bargeld nie nach Hause und bewahrte es woanders, fern von meinem Zugriff, auf.

Eines Abends war er gerade dabei, einen seiner Artikel in einen Chatroom hochzuladen, wo er das Pseudonym »Garmiani« benutzte und mit hetzerischen Verunglimpfungen in alle Richtungen attackierte. Nur den Moderator des Chatrooms verschonte er und pries ihn als »den einzig wahren Kurden auf unserem Planeten«. Während ich im Gästezimmer herumlungerte, klopfte jemand heftig an die Eingangstür. Ich stand auf und öffnete. Unser Gast war ein kräftiger Mann in einem weißen Hemd und einer schwarzen Hose. An mir vorbei stürmte er direkt ins Arbeitszimmer von Djamschid Khan. Er pflückte ihn von seinem Sessel wie einen schmutzigen Lappen und beförderte ihn in die Mitte des Zimmers. Mein Onkel, der nicht wusste, wie ihm geschah, fing an zu schreien und versuchte, sich zappelnd aus dem Griff des Mannes zu befreien. Doch rasch gab er seinen Widerstand auf. Der Mann warf ihn zu Boden und zog, als dächte er noch über die bestmögliche Lösung nach, eine Pistole, richtete sie auf Djamschids Kopf und knurrte: »Hör mir genau zu! Wenn du mir bis morgen Nacht die Fotos nicht zurückgegeben hast, bist du erledigt. Ich meine die Fotos von Oberst Rasul. Bis morgen Nacht!«

Djamschid, der aus einem Mundwinkel blutete, ging auf mich los, nachdem der Fremde gegangen war. Er warf mir vor, ich sei ein Komplize dieses Mannes, weil ich zu später Stunde einem wildfremden Mann die Tür geöffnet hätte. Überhaupt würde ich ihm den Tod wünschen und hocherfreut seiner Demütigung zusehen. Ich sagte, ich wisse über alles Bescheid und wolle mit ihm in Ruhe sprechen: »Was du da machst, ist unmoralisch und gefährlich! Ich verstehe nicht, wie Layla und Smail sich auf ein so hässliches Spiel haben einlassen können. Wenn du Geld brauchst, wir haben genug, um einige Jahre friedlich und glücklich zu leben. Wir könnten wieder nach Baranok ziehen, ein Haus bauen und dort, weit weg von dieser Welt belangloser Zeitungen und absurder Websites, glücklich sein. Wir können wie in den alten Zeiten ein gutes Leben führen. Smail soll mitkommen und uns dort wieder aus seinen englischen Romanen vorlesen, damit wir den Schmutz dieser Welt vergessen.«

Er erwiderte: »Man nennt mich den Khan der Khans des Internets! Wer die Welt des Internets erobert, hat die Kontrolle über das Leben, den Ruf und die Würde aller Menschen! Früher waren es Diktatoren wie Stalin, Hitler und Mussolini, die eine solche Kontrolle ausübten, aber heute genügt eine Website. Man kann jemanden beliebt oder verhasst machen. Man kann den Namen eines Freundes in den Himmel heben oder den Ruf eines Feindes für immer zerstören. Denn der Mensch ist ein hirnloses Wesen, er glaubt, was im Internet veröffentlicht wird.« Dann begann er, seine neue Theorie über die Anatomie des menschlichen Hirns darzulegen: Das Hirn sei das einzige menschliche Organ, das, im Gegensatz zu anderen Organen wie Herz, Lunge und Bauchspeicheldrüse, bei jedem Menschen unterschiedlich ausfalle und sich nicht einheitlich entwickelt habe. Nur sehr wenige Menschen auf diesem Planeten, man könne sie an zehn Fingern abzählen, besäßen Vernunft. In ferner Zukunft würden die Körper der Menschen schrumpfen, nur ihre Schädel würden wachsen, und er sei der Entdecker dieses Phänomens. Zudem sei er kurz davor, etwas Großartiges für seine Nation zu vollbringen. Er werde einen souveränen kurdischen Staat im Internet ausrufen. »Und da versucht ein ehrloser Spinner wie du, mich zurückzustoßen in die Welt, in der es nur Ziegenkot und vertrocknete Kuhfladen gibt.«

Ich warf ihm vor, er schwärme von einer modernen Barbarei, die tödlicher und hässlicher sei als die

Brutalität der alten Diktatoren. »Es wird die Zeit kommen, in der die Menschheit genau so, wie sie sich von der Macht der alten Pharaonen befreite, auch diese Henker, Mörder und Verbrecher abschütteln wird.«

Seine einzige Antwort bestand darin, mich drei Tage ohne Essen und Trinken im Zimmer der Großmutter einzusperren. Ich flehte um Vergebung, doch er ließ sich nicht erweichen.

In der folgenden Nacht verlor Smail bei einem schrecklichen Unfall sein Leben. Djamschid selbst bekam ich monatelang nicht wieder zu sehen.

Letzte Verwandlung

Layla hatte meinen Platz eingenommen und war neben Smail zu Djamschids Seilhalterin geworden. Von oben beobachtete er das Kommen und Gehen der Menschen. Über die Dächer stieg er in Büros ein und stahl Akten. Durch die Fenster fotografierte er das Privatleben gezielt ausgesuchter Personen, er belauschte Gespräche und Telefonate. Zahlreiche Menschen wurden zu Opfern seines diabolischen Erpressungsgeschäfts. Layla und Smail benahmen sich wie seine Marionetten, es war, als hätte er beide in Hypnose versetzt. Ohne nachzudenken, erfüllten sie für ihn jeden Auftrag. Außerdem übergab er ihnen die erpressten Gelder. Offenbar schaffte Layla das Geld heimlich auf die Seite, es tauchte nie wieder auf.

Diesmal begannen Djamschids Schwierigkeiten damit, dass er der Polizei drohte, deren Kooperation mit einem Netz von Frauenhändlern auffliegen zu lassen, die geflohene Prostituierte aus dem Süden in den Norden des Iraks schmuggelten. Denn die Polizei verfügte natürlich über die Mittel, ihn zu beschatten und seine Methoden aufzudecken.

Nachdem er mich an jenem Abend eingesperrt hatte, brach er mit Smail und Layla zu einer seiner geheimen Missionen auf. Die Polizei ließ ihn von zwei Polizisten in Zivil verfolgen. Während er in der Luft schwebte, hantierten Layla und Smail mit dem Seil. In der Dunkelheit feuerten die Polizisten mehrere Salven auf die beiden ab. Smail war auf der Stelle tot. Djamschids Seil löste sich, und ein weiteres Mal wurde er vom Wind in die Weiten des Himmels entführt.

Smails Tod traf mich tief. Obwohl wir uns in den letzten Jahren entfremdet hatten, war er mein engster Gefährte gewesen. Bei seiner Trauerfeier brach ich in lautes Klagen aus und versank danach in eine tiefe Niedergeschlagenheit. Um aus dem Trauern herauszukommen, beauftragte ich schließlich zwei Arbeiter, die im Haus angehäuften Zeitungen und Magazine wegzuschaffen. Wir brachten sie mit einem Pick-up vor die Tore der Stadt, wo ich alles verbrannte. Danach richtete ich das ganze Haus mit neuen Möbeln ein, strich die Wände, ließ einige Fotos von Smail und mir aus unserer Jugendzeit vergrößern und hängte sie auf.

Täglich ging ich nun für ein paar Stunden in das Kaffeehaus »Las u Khazal«, das in der Nähe von Hissam Kahns Haus neu eröffnet worden war. Dort begann ich, ernsthaft zu lesen. Ich wollte mich in Lesen und Schreiben so verbessern, dass ein erneuter Anlauf, Djamschid Khans Geschichte aufzuschreiben, vielleicht doch zum Erfolg führen würde.

Dieses Mal dauerte es aber nicht lange, bis er wieder auftauchte.

Der Wind hatte ihn Richtung Westen getragen. Achtzig Kilometer von unserer Stadt entfernt schlug er auf einem Acker auf. Der Acker gehörte einem Politiker. Djamschid sagte später: »Egal aus welcher Ecke des Himmels über unserem Land ein Mensch herunterfällt, er wird immer auf das Grundstück eines Politikers fallen.« Der Politiker hieß Schaswar Bag Hijri und war Abgeordneter einer unserer großen Parteien. Er war derart vermögend und einflussreich, dass er ganz allein einen Staat hätte auf die Beine stellen können. Für jede Kleinigkeit hatte er einen Angestellten. Da er selbst keine Zeit fand, seine Grundstücke, Äcker und Wälder regelmäßig zu kontrollieren, hatte er jemanden beauftragt, seine Besitztümer jede Woche aus verschiedenen Perspektiven mit einer Videokamera aufzunehmen. Wann immer er Zeit hatte, sah er sich die Aufnahmen an und teilte den Arbeitern, Bauern, Ingenieuren und Wächtern seine Verbesserungsvorschläge mit.

Den Angestellten, der diese Videoaufnahmen machen musste, nannte man Khafari Video. Bei einem seiner Einsätze fand er meinen Onkel bewusstlos auf dem Acker.

Jeder in der Region wusste, dass Schaswar Bag Hijri selbstherrlich nach einem von ihm erlassenen Gesetz handelte, das da lautete: »Was und wer sich auf meinem Land befindet, ist mein Eigentum.« Also nahm Khafari Video meinen Onkel mit und legte ihn wie ein verletztes Rehkitz Bag Hijri vor die Füße. Doch der konnte auch nach einer eingehenden Untersuchung das Rätsel dieser seltsamen Kreatur nicht lösen. Wäre da nicht die kurdische Kleidung gewesen, hätte er Djamschid für einen Außerirdischen gehalten. Er sagte zu Khafari Video: »Schaff ihn zu den Ärzten und bring in Erfahrung, was sie davon halten. Und sag den Köchen, sie sollen ihn füttern. Ich habe jetzt zu tun und kann mich erst am Abend wieder um ihn kümmern. Doktor Dlawar soll mir persönlich Bericht erstatten. Ich will wissen, um was für ein Wesen es sich handelt.«

Als an jenem Abend Djamschid wieder zu sich kam, waren seine ersten Worte: »Ich kann fliegen. Und ich will fliegen.«

Dann rückte Doktor Dlawar, der Leiter des Ärzteteams, das ständig mit Bag Hijri unterwegs war, mit einem ausführlichen Bericht an. Bag Hijri saß wie üblich mit ein paar anderen Politikern an einer reich gedeckten Tafel, als der Arzt ihm sein Papier vorlegte. Schmatzend und kauend sagte Bag Hijri: »Hhmm, Doktor, meine Hände sind fettig. Ich kann deinen Wisch jetzt nicht lesen, aber ich platze vor Neugier. Sag mir einfach, wer da auf mein Land fiel.«

»Mein Herr, dieser Mann ist außergewöhnlich und einzigartig. Aus unbekannten Gründen hat er sein Gewicht fast vollständig verloren, ein großer Teil seines

Körpers hat sich bereits aufgelöst. Der Patient weiß nicht, wer er ist. Nur behauptet er, fliegen zu können.«

In den folgenden Tagen besserte sich der Zustand meines Onkels. Durch die fettreichen Speisen, mit denen ihn die Köche mästeten, kehrten ein wenig Kraft und Energie zurück. Als er, wieder bei vollem Bewusstsein, vor den Grundbesitzer gebracht und von ihm befragt wurde, wer er sei und was er könne, antwortete mein Onkel: »Ich weiß nicht, wer ich bin. Aber ich weiß, dass ich fliegen kann.«

Als Bag Hijri dann miterlebte, wie Djamschid aufstieg, wäre er vor Staunen beinahe in Ohnmacht gefallen. So ein Wunder war ihm nirgendwo untergekommen, obwohl er in den letzten fünfzehn Jahren in selbstlosem Einsatz für seine Partei und auch für einige private Geschäfte annähernd die ganze Welt bereist hatte. Sofort erteilte er den Befehl, meinen Onkel an einem sicheren Ort einzusperren. Um ihm jede Möglichkeit zur Flucht zu nehmen, ließ er einen Schmied rufen, der einen großen Käfig fertigen sowie ein Schloss an den Seilen anbringen sollte, um Djamschid daran zu hindern, sich zu befreien oder davonzufliegen. Ich glaube, das war der Anfang des wahren Niedergangs meines Onkels und der Auslöser dafür, dass er mit seiner Heimat brach. Obwohl er einen großen Teil seiner Erinnerungen verloren hatte und jedes Mal wieder als ein anderer in die Welt zurückgekehrt war, hatte er doch seinen Stolz nie verloren. In einen Käfig gesteckt und in Ketten gelegt zu werden, verletzte ihn. Offenbar behandelte Bag Hijri ihn wie ein besonderes Tier in seiner Menagerie und nicht als den Sonderfall eines Mitmenschen. Djamschid ahnte, dass ihn der Grundbesitzer als Attraktion einsetzen würde, wie einen Affen.

Und er irrte sich nicht! Wenn Bag Hijri andere Politiker einlud, um sich mit ihnen zu vergnügen, befahl er, meinen Onkel aus dem Käfig zu holen, ihm das Seil samt Schloss um die Hüfte zu binden und ihn aufsteigen zu lassen. Die Gäste, deren Ehefrauen und Kinder amüsierten sich köstlich, wenn sie meinen Onkel in der Luft sahen. Die Geschichte von Djamschids Flügen verbreitete sich unter den Politikern wie ein Lauffeuer. Die Kinder durften reihum das Seil halten und daran ziehen wie an der Schnur eines Papierdrachens. Wenn der Moderator der Vergnügungsabende die Flugshow als Mitternachtseinlage und Höhepunkt ankündigte, gab es Freudenschreie, Pfiffe und ohrenbetäubenden Beifall. Djamschid wurde von zwei Wächtern aus dem Käfig geholt und in die Mitte eines am Boden markierten Kreises gestellt. Die Leinen wurden festgemacht, man ließ ihn aufsteigen. Bald kam es so weit, dass er in seinem mit einem schwarzen Tuch abgedeckten Käfig zu allen Reisen von Bag Hijri mitgenommen wurde.

Bag Hijri beließ es aber nicht dabei, meinen Onkel selbst zur Schau zu stellen, er verlieh ihn auch an Freunde, die für ihre unzähligen Feiern stets neue Attraktionen suchten. Und natürlich auch an die Koalitionsparteien, damit sich deren Mitglieder auf ihren

Kongressen und Zusammenkünften vergnügen konnten. Den Frauen und Kindern war er als »der fliegende Affe« bekannt. Die Mitglieder des Politbüros der Regierungspartei nannten ihn »den hochfliegenden Affen der Heimat«, eine Anspielung auf den Ausdruck »die hochfliegenden Adler der Heimat«, der in den frühen Jahren der Revolution gern verwendet wurde. Manche seiner Freunde waren neidisch auf Bag Hijri und machten ihm verführerische Angebote. Aber davon wollte er nichts hören, er bezeichnete meinen Onkel als unverkäuflich.

Djamschid hatte Schmerzen. Stumm ließ er Demütigungen und Spott in seinem Käfig über sich ergehen. Bevor die großen Feste anfingen, spritzten die Wächter ihn mit einem Schlauch ab, damit er nicht stank. Ein Friseur hatte den Auftrag, seinen Kopf einmal im Monat zu rasieren, denn man meinte, kahl sehe er noch lustiger aus.

Auf einem der großen Feste bewarfen die Gäste ihn mit Pistazienschalen, Wassermelonenkernen und faulen Kirschen. Da begann er zu schreien, sich wie ein angestochener Affe mit Händen und Füßen zu wehren und das Publikum zu verfluchen. Danach verklebte ihm Bag Hijri vor Beginn einer Vorführung den Mund. Aber die Wutanfälle meines Onkels waren mit solchen Mitteln nicht zu stoppen. Beim Geburtstagsfest der Tochter eines wichtigen Politikers, zu dem sich Staatsmänner des ganzen Landes eingefunden hatten, wurde der mit einem Pflaster mundtot gemachte Djamschid in die Höhe geschickt. In seinem Zorn öffnete er hoch oben den Reißverschluss seiner Hose und pinkelte auf die Anwesenden herunter. Man sagt, an jenem Abend seien Braten und Torte, dazu die Köpfe und Anzüge einiger hochverehrter Persönlichkeiten unserer Heimat besudelt worden. Niemand sagte etwas, diskret breitete man den Mantel des Schweigens über diesen Zwischenfall. Bag Hijri aber kochte vor Wut und prügelte mit einem Bambusstock auf Djamschid ein. Er ließ ihm eine Unterhose aus Blech mit einem Schloss anfertigen. Trotz solcher Vorfälle stieg Djamschids Wert ständig. Viele wollten ihn besitzen. Schließlich wechselte er in einem verrückten Tauschhandel tatsächlich den Besitzer. Und das kam so.

Die beiden großen, an der Regierungskoalition beteiligten Parteien des Landes feierten einen bedeutenden Wahlerfolg und ließen eine kurdische Fahne samt Feuerwerkskörper an Djamschids Beinen anbringen. So schwebte er über den Menschenmassen. Was Rang und Namen hatte in unserem Land, war anwesend und bestaunte den beflügelten Affen. Als jedermann sich in Trank und Gesang stürzte, forderte ein Minister in spe, Majid Zhiran, bekannt als Majid der Kluge, den Kollegen Bag Hijri zu einer Pokerrunde auf. Würde Bag Hijri verlieren, müsste er seinen beflügelten Affen gegen einen der großen Paläste Zhirans im Zentrum der Stadt tauschen. Sollte Bag Hijri gewinnen, würde der zukünftige Minister ihm fünf Hektar von seinem fruchtbarsten Land überlassen. Wäre der Druck seiner Ehefrau nicht gewesen, hätte sich Bag Hijri auf ein solches Spiel nie eingelassen. Aber seine verehrte Ehefrau konnte die glamouröse, arrogante Gattin des Ministers in spe auf den Tod nicht leiden, weshalb sie ihren Ehemann zur Seite nahm und ihm zuflüsterte: »Du musst darauf eingehen und dann verlieren, denn schon bald wird deinen fliegenden Affen niemand mehr sehen wollen. Aber dieser Palast wird bis zum Jüngsten Gericht in unserem Besitz bleiben, und noch unsere Kindeskinder werden uns dafür danken.«

Bag Hijri gehorchte widerstrebend und verlor Djamschid Khan an den Minister. Ihm war, als hätte er eine ganze Schatzkammer verloren.

Diese Pokerrunde änderte erneut Djamschids Leben. Majid Zhiran war eine wankelmütige Person, die man schnell für etwas begeistern konnte, wobei sich die Begeisterung oft nicht lange hielt. So blitzartig er einen Entschluss fasste, so schnell machte er einen Rückzieher. Als ihm Djamschid in jener Nacht samt Seilen, Käfig und der kurdischen Fahne in sein Haus geliefert wurde, spürte er selbst, dass man ihn übers Ohr gehauen hatte. Seine Frau reagierte entsetzt auf die Nachricht vom Tausch des Palasts gegen den glatzköpfigen Affen. Sie spuckte Feuer vor Wut, ihr Kreischen drang bis zu Djamschid und den Wächtern durch. »Du bist nicht ›der Kluge‹, du bist ein hirnloser Idiot! Das war ein Plan dieser hässlichen Schlange von

Bag Hijri. An meiner Stelle will sie in den Palast einziehen. Was soll ich jetzt mit dem bettnässenden Affen anstellen, den niemand mehr sehen will?«

Majid Zhiran ließ den Käfig meines Onkels im Freien stehen, in Sonne und Regen und in der Kälte der Nacht. Ungefähr einen Monat verbrachte Djamschid, ohne dass jemand die Hand ausgestreckt hätte, um das Tuch vom Käfig zu entfernen. Täglich schob ihm ein Wächter Brot und Wasser hinein, und so blieb er am Leben.

Eines Tages lud Majid Zhiran ein paar Geschäftsführer türkischer Firmen ein, die zwei Parks, eine Vergnügungsanlage und Tausende Wohneinheiten in den Großstädten unserer autonomen, föderalen Region geplant und gebaut hatten. Mitten im Gespräch und Gelächter ließen die Türken die Bemerkung fallen, dass Kurdistan ja nicht viel an Attraktionen zu bieten hätte. Majid Zhiran war in seinem Stolz getroffen. Ihm fiel Djamschid ein, und er beschloss, den hochnäsigen Türken ein Wunder vorzuführen, wie sie noch keines gesehen hatten. Er würde ihnen beweisen, dass nur unsere Nation über eine so bemerkenswerte Kreatur verfügte. In der Nacht ließen Majids Wächter den halb toten Djamschid über den Köpfen der türkischen Gäste in den Himmel steigen. Er war krank, die Wochen im Dunkel unter der stickigen Plane hatten ihn fast umgebracht.

Natürlich waren die Gäste beeindruckt. Ein solches Phänomen hatten sie noch nie gesehen. Der

Geschäftsführer des Vergnügungsparks bot sofort eine hohe Summe für Djamschid. Er wusste, mit so einer Attraktion würde er die ganze Welt begeistern.

Eine Woche später wurde Djamschid Khan an die türkische Firma verkauft.

Zu jener Zeit berichteten die Fernsehsender des Landes, einer nach dem anderen, über den Vergnügungspark und dessen Bedeutung für den Tourismus in der autonomen Region. Eines Tages sah ich in einer dieser Sendungen meinen Onkel in einem Käfig sitzen. Man hatte ihm ein übergroßes Clownskostüm in den Farben unseres Vaterlands übergezogen und ihm einen Blumenstrauß in die Hand gedrückt, mit dem er traurig winkte. Ich traute meinen Augen nicht. Er war es. Acht Monate nach seinem Verschwinden. In diesem Aufzug und mit geschminktem Clown-Gesicht hätte ihn außer mir niemand erkannt.

Sofort stieg ich ins Auto. Vier Stunden später hielt ich vor dem Tor des großen Vergnügungsparks. Er hatte geschlossen. Betrübt setzte ich mich vor das Tor, ich brach in Tränen aus. In barschem Ton forderten mich die Wächter auf, zu verschwinden, ich solle morgen wiederkommen. Also irrte ich die ganze Nacht wie ein Narr durch die Stadt und blickte in den Himmel, in der Hoffnung, Djamschid Khan zwischen den Sternen zu entdecken.

Am nächsten Nachmittag konnte ich den Park betreten. Erst um zehn Uhr abends holten sie ihn zu einer besonderen Vorführung heraus. Er trug das lächerliche Kostüm, das ich schon im Fernsehen gesehen hatte, und hielt denselben Blumenstrauß in der Hand. Nur zu deutlich war zu sehen, dass er gebrochen war und keine Kraft mehr hatte, gegen seine Degradierung zur Witzfigur anzukämpfen.

Ich wusste nicht, was unternehmen. Er konnte mich natürlich nicht sehen in der Menge der Kinder und Erwachsenen, die riefen: »Der beflügelte Mann ist gekommen!«

Ich schrie: »Djamschid Khan, Djamschid Khan!«, aber vergebens. Er hörte mich nicht. Drei Abende hintereinander ging ich in den Park und suchte seinen Käfig, aber er stand in einem Bereich, zu dem ich mir keinen Zutritt verschaffen konnte.

Am vierten Abend wehte kein Wind, deshalb fiel Djamschids Vorführung aus. Mir kam die Idee, dass ich ihm an einem solchen Abend zur Flucht verhelfen könnte, wenn ich seinen Aufenthaltsort in Erfahrung brächte. Erst nach einer Woche fand ich heraus, dass er in einem Wohnwagen in der Nähe der türkischen Firmenzentrale untergebracht war, ungefähr zweihundert Meter vom Park entfernt.

Die Firma hatte einen älteren Mann als Wächter angestellt. Ich kaufte mir eine Uniform, zog sie mir über und ging an einem windstillen Abend zu dem Wächter und behauptete, ich sei von der Polizei und wegen mehrerer Anzeigen beauftragt worden, die Gegend zu kontrollieren. Er öffnete mir buckelnd das Tor, und ich ging um den Gebäudeblock herum zum

Wohnwagen. Durch das Fenster sah ich Djamschid im Bett liegen. Er schlief, zusammengekrümmt wie ein krankes Kind. Um ihn am Fliehen zu hindern, hatte man die Tür von außen verriegelt und ein Schloss vorgehängt. Mithilfe der Werkzeuge, die ich bei mir hatte, brach ich die Tür auf und verschaffte mir Zutritt.

Als er mich sah, erschrak er. Aber diesmal erkannte er mich sofort. »Salar Khan, mein lieber Neffe! Schau, was sie mir angetan haben. Seit einem Monat träume ich von dir. Rette mich! Ich bin zum Gespött des ganzen Landes geworden. Man hat mir meine Würde und Ehre geraubt. Hol mich raus und bring mich weg von hier!«

Mit Tränen in den Augen hob ich ihn wortlos auf meine Arme, küsste ihn, trug ihn hinaus und brachte ihn nach Hause.

Vier Wochen lang erzählte er nur von seinem Leid. Wie einen Hund oder Affen hätten ihn die Politiker behandelt. Für ihre Frauen und Kinder habe er durch die Luft segeln müssen, geschminkt wie ein Hanswurst. Er habe nur noch an Selbstmord gedacht, an nichts anderes. Alles um ihn herum habe ihm zugeraunt, er solle sich umbringen: die Wolken, der Wind, die Sterne, einfach alles. Solange er für die Herrscher und Politiker ein Unbekannter gewesen sei, habe er ein glückliches Leben führen können. Nun würden sie ihn bis zu seinem Tod als Affen misshandeln. »Für den Rest meines Lebens muss ich in diesem Zimmer bleiben. Bring mich um, Salar Khan, mein lieber

Neffe! Ich ertrage diese Fliegerei und das Herunterfallen nicht mehr. Nie wieder will ich mein Gedächtnis verlieren. Erlöse mich von all den Schmerzen! Gib mir die Kugel!«

Ich weinte mit ihm und sagte: »Statt an Selbstmord zu denken, geh lieber weg! Verlass dieses Land. Beginne ein neues Leben, das besser ist als dein Leben hier.«

Er erwiderte: »Das alles hat keinen Wert. Denn sobald ich runterfalle, wird mein Gedächtnis wieder ausgelöscht. Egal wo, sogar am Ende der Welt, würde ich nicht mehr wissen, wer ich bin und woher ich komme.«

Ich war dann der, dem eine grandiose Lösung einfiel. Ich sagte: »Großer Khan, du mein einziger Held der Reinheit inmitten des Schmutzes dieser Welt! Dein Körper ist doch ohnehin wie aus Papier. Also werde ich dir deine gesamte Lebensgeschichte auf den Leib schreiben. Jedes Mal, wenn du vom Himmel fällst und dein Gedächtnis gelöscht ist, kannst du die Niederschrift auf deinem Körper lesen und dir deine Erinnerung zurückholen. Damit du wieder weißt, wer du bist, wovor du geflüchtet bist, woher du kommst und warum du nicht zurückkehren darfst. Und auch, um dir in Erinnerung zu rufen, was du zu tun hast, welchen Weg du einschlagen musst und welche Fehler du begangen hast, die du nicht wiederholen solltest.«

Ich ging zu einem Tätowierer, brachte ihn mit nach Hause und erzählte ihm Djamschids Geschichte. Wir setzten uns neben ihn und fingen an, ihm, als wäre er ein Buch, Buchstaben um Buchstaben, Satz für Satz die Zusammenfassung seines Lebens auf den schwachen Leib zu stechen. Auf Brust, Rücken, Beine, bis hin zu den Fußsohlen, auf seine Arme, bis zu den Handflächen. Um sie zu ordnen, nummerierten wir die Sätze. Alles, was ich über sein Leben wusste, trugen wir mithilfe der Nadeln auf seine Haut auf. Meinen Namen und meine Adresse tätowierten wir auf seinen rechten Handrücken, damit er mich immer würde informieren können.

Djamschid war fasziniert von Idee und Ausführung und glücklich, dass es nun etwas gab, das ihn an seine wahre Vergangenheit erinnern konnte. Als er zum Schluss vor dem Spiegel stand und sich ansah, meinte er lachend: »Jetzt sehe ich aus wie eine alte Schrifttafel. Wo immer ich aufgefunden werde, als Erstes werde ich diese Sätze auf meinem Körper lesen und wieder wissen, wer ich bin. Und nur ich werde das lesen können, denn glücklicherweise versteht, außer uns, niemand auf diesem Planeten unsere Sprache!«

Nun war er sicher, dass er für immer sich selbst gefunden hatte. Dass er den Sinn und das Geheimnis seines Lebens unauslöschlich auf sich trug.

Als er sich entschlossen hatte, wegzufliegen ohne Wiederkehr, bestiegen wir in der Dunkelheit den höchsten Gipfel in Stadtnähe. Bevor er abhob, umarmten wir uns fest. Djamschid schaute sich um und holte tief

Luft. Ich sah ihn an und sagte: »Djamschid Khan, eines sollst du wissen. Mein ganzes Leben habe ich mir gewünscht, einmal so fliegen zu können wie du.«

Lachend antwortete er: »Und ich habe mir mein ganzes Leben lang gewünscht, einen Ort zu finden, an dem der Mensch nicht vom Wind verweht wird.«

Lange drückte ich ihn an mich und wünschte mir aus tiefstem Herzen, er möge bei mir und ich für immer sein Seilhalter bleiben. Aber wir waren alt geworden, das Leben rollte über uns hinweg. Und ich wusste genau, dass die Heimat nichts als noch mehr Elend für ihn bereithielt. Er durfte nie wieder gefangen und wie ein Affe in einen Käfig gesteckt werden. Er sollte frei leben, niemand sollte ihn demütigen, niemand ihm den Mund verkleben.

Vorsichtig ließ ich das Seil abrollen. Meter um Meter hob er vom Boden ab. Ich blickte ihm nach, bis er in der Finsternis verschwand. Seine letzte Geste war ein Winken, und ich hob von unten meine Hand. Als das Seil zu Ende ging und ich nichts mehr hatte, um ihn zu lenken, spürte ich, wie er sich hoch droben von der Leine losband. Und wie ihn der Wind in eine unbekannte Richtung entführte.

Zwei Jahre vergingen. Täglich suchte ich den Himmel ab. Ein Stimme in mir sagte, dass der Wind, so wie er Djamschid entführt hatte, ihn auch wieder zurückbringen würde. Aber eine neue, stärkere Stimme wünschte ihm von ganzem Herzen, dass er nicht mehr zurückkommen möge. Beide waren wir alt geworden, er wie auch ich. Ich spürte, dass ich nicht mehr sein Seilhalter würde sein können. Nicht nur wegen der ständigen Rückenschmerzen. Einsamkeit und Depression fraßen mich auf.

Eines Tages klopfte es an der Haustür. Als ich öffnete, sah ich einen Jugendlichen, der ein großes blaues Kuvert in der Hand hielt. Blau wie der Himmel! Er sagte, sein Vater habe dieses Kuvert aus einem fernen Land mitgebracht. Ich öffnete das Kuvert, es enthielt einen Brief und einige Fotos von Djamschid Khan. Ein Schauer durchfuhr mich. Meine Finger wurden ganz kalt und taub, sodass mir das Kuvert aus der Hand fiel. Der Brief enthielt die Nachricht, dass er nach vielen Zwischenstationen auf einem Stück Erde gelandet sei, das er als die letzte Station seines Lebens betrachte. Heiler hielten ihre Hände über ihn, er sei auf dem Weg der Besserung und habe Schritt für Schritt zugenommen. Die Frauen dort umsorgten ihn voller Liebe. »Ich bin nicht mehr Djamschid Khan, der ständig vom Wind verweht wurde. Ich habe zugenommen, und allmählich wird aus mir ein normaler Mensch.« Nun könne er allein gehen, er habe keine Angst mehr vor dem Wind, benötige keine Seile mehr und müsse niemandem mehr Umstände machen. Dafür, dass ich mein ganzes Leben sein Seilhalter gewesen sei und ihn immer wieder gerettet hätte, danke er mir von Herzen. Wenn weiterhin alles in ruhigen Bahnen verliefe und er sicher wäre, dass ihn der Wind nicht mehr mitnähme, werde er mir ein Flugticket schicken und mich als seinen lieben Gast empfangen.

Ich setze mich und sehe mir die Fotos an. Ein rundlicher Mann im Bambushain, am Strand vor hohen Wellen, in einem großen Restaurant, in einem wimmelnden Einkaufszentrum und zuletzt in einer Landschaft, wo ein Orkan alles mit sich gerissen hat, nur ihn nicht. Zum Schluss schreibt er: »Du kannst allen erzählen, dass ich nicht mehr der bin, den der Wind mitnimmt.«

Ich nehme die Fotos und den Brief auf und gehe nach draußen. Unvermittelt erhebt sich ein Sandsturm, mit einer Heftigkeit, als wollte er mich lebendig begraben. Blitzartig geht mir durch den Kopf: Das Einzige, was mich jemals am Boden gehalten hat, waren die Seile, an denen ich Djamschid Khan hielt. Ich stelle mich dem Wind, richte meinen Blick zum Himmel, sehe aber nichts, verspüre jedoch ein plötzliches Leichtwerden. Ich spüre meine Schwäche und Nichtigkeit. Ich habe das Gefühl, dass mich der Wind wegwehen will. Ich halte mich fest, um nicht hinzufallen. Ich merke, dass sich eine große Angst vor Himmel und Wind in mir breitmacht. Damit Djamschid Khan nicht vergessen wird, sollte ich vom Wind verweht werden und abstürzen, gehe ich schnell hinein, setze mich an den Schreibtisch und beginne zu schreiben.

Draußen klagt der Wind wie ein verwundetes Raubtier. Ohne auf seine Drohung zu hören, schreibe ich:

»Als Djamschid 1979 verhaftet wurde, war er siebzehn …«

Ich halte inne. Mir wird bewusst: Wer meinem Onkel nie begegnet ist, wird mir nicht glauben. Wird ihn
wie auch mich niemals verstehen.

Im Schatten der verlorenen Liebe

Memduh Selim, einer der geistigen Wegbereiter der kurdischen Erneuerungsbewegung, zieht im Exil rastlos von Metropole zu Metropole: Paris, Istanbul, Alexandria, Beirut, Damaskus. Als der Aufstand in der Ararat-Region beginnt, stürzt er sich in die Rebellion. In den Höhlen und Bergen, im Alltag des Widerstands, werden seine Ideale auf eine harte Probe gestellt. Seine Liebe zu Feriha, einem tscherkessischen Mädchen, macht ihn verwundbar.

In diesem modernen kurdischen Roman untermalen die Klänge der Barden eine Tragödie, erzählen vom Leid, aber auch von den großen Liebesepen des kurdischen Volkes.

»Bilder von schlichter Schönheit verzaubern den Leser so sehr, dass er sich dem Bann kaum entziehen kann.« *Yaşar Kemal*

»Mehmed Uzun geht in die Geschichte der Kurden ein, nicht nur mit seinem literarischen Schaffen und seiner zutiefst humanistischen Lebenseinstellung, sondern auch als Schöpfer einer neuen, modernen kurdischen Schriftsprache.« *taz*

Mehr über Autor und Werk auf *www.unionsverlag.com*

Geheimnisse der Nacht pflücken

Sherko Bekas blickt in die Geheimnisse tiefer Seen, betrauert mit den Vögeln den Tod der Blumen, tobt mit den Wellen gegen die Netze der Fischer und legt sein Ohr an das Herz der Erde. Er wird Zeuge des Kampfes zwischen Feld und Pflanze und reist durch den Tunnel der Fremde. Das Brausen des Euphrats und die Melodie von Tod und Verbannung klingen in seinen Gedichten. Die Erinnerungen seines Volkes sind seine Quelle.

Sherko Bekas wird verehrt als der große Erneuerer der kurdischen Sprache.

»Dieses schmale Bändchen von Sherko Bekas bezaubert durch ganz eigenen Reiz. Zarte, verhaltene Nachdenklichkeit schwebt über dieser leisen Welt aus Liebe und Heimweh, Trauer und Hoffnung. Behutsam reiht sich Bild an Bild zu einem unendlichen, sprechenden Universum.« *Sächsische Zeitung*

»Sherko Bekas besang alle Formen der Freiheit: Die Freiheit der Nationen, der Meinungen, des Körpers bis hin zur Liebe und Religion.« *Bachtyar Ali*

Mehr über Autor und Werk auf *www.unionsverlag.com*

»Doulatabadi öffnet den Blick hinter die Mauern einer fremden Welt. Er gilt zu Recht als bedeutendster Vertreter der zeitgenössischen iranischen Erzählkunst.« *Die Zeit*

Nilufar
Von der Macht einer Liebe, die an noch größeren Mächten scheitert.

Der Colonel
Ein Roman über die Umwälzungen im Iran – vom größten Schriftsteller des Landes.

Kelidar
Ein Buch über die Liebe: zwischen Mann und Frau, zwischen Mensch und Tier, zur Erde und zur Natur.

Der leere Platz von Ssolutsch
Seit Tagen schon haben Mergan und Ssolutsch nicht mehr miteinander geredet. Eines Morgens ist der Platz neben ihr leer: Mergan muss nun alleine für ihre Kinder sorgen.

Die alte Erde
Auf dem Dorfplatz bei der Teestube, vor der versammelten Dorfgemeinschaft, vollzieht sich die Tragödie um den umstrittenen Acker.

Die Reise
Chatun wartet auf ein Zeichen, auf das versprochene Geld. Da taucht, an Krücken, ihr Mann auf.

Mehr über Autor und Werk auf *www.unionsverlag.com*

Eine iranische Liebesgeschichte zensieren

Ein iranischer Schriftsteller ist es leid, immer nur düstere Romane mit tragischem Ausgang zu schreiben. Also beginnt er eine Liebesgeschichte – ein Projekt mit Tücken. Wird es ihm gelingen, die Geschichte von Sara und Dara zu einem glücklichen Ende zu bringen, während der Zensor ihm doch beim Schreiben im Nacken sitzt?

Augenstern

Amir versucht, sein Leben zu rekonstruieren. Seine Erinnerungen sind ausgelöscht, sein Körper vom Krieg versehrt. Bilder einer mysteriösen Frau, eines goldfunkelnden Basars leuchten vor ihm auf. Auf der Suche nach der Liebe seines Lebens streift er durch Teheran und findet inmitten eines zerrütteten Landes eine zukunftsweisende Spur.

»Shariar Mandanipurs Werke sind energetisch, berückend, klug und reich an Wortwitz und literarisch politischen Verweisen. Beeindruckend und geistreich.« *The New Yorker*

»Einer der bedeutendsten iranischen Autoren seiner Generation.« *Navid Kermani*

Der schmale Pfad

Die Journalistin Nevra Tuna steckt in einer privaten und beruflichen Krise. Ihre ganze Hoffnung setzt sie auf ein Interview mit der inhaftierten kurdischen Politikerin Zelha Bora, das ihre Karriere retten soll. Doch zwischen den beiden Frauen, deren Lebensverhältnisse unterschiedlicher nicht sein könnten, stehen nur Vorurteile und Vorwürfe. Kurz bevor das Gespräch zu scheitern droht, entdecken sie: In ihrer Kindheit waren die beiden engste Freundinnen. Nun versuchen sie, die vergangenen Jahre heraufzubeschwören und ungelöste Rätsel zu lösen. Letzten Endes ist es die wiedergefundene Freundschaft der beiden Frauen, die politische Gräben überbrückt.

Die türkische Bestsellerautorin rührt mit diesem Roman an ein Tabu: den türkisch-kurdischen Konflikt.

»Dieser, die realen politischen Verhältnisse genau reflektierende Roman einer ehrlich um Verständigung bemühten und deshalb in der Türkei gefeierten aber auch sehr umstrittenen Autorin, ist aufwühlend und fesselnd geschrieben. Für europäische Leser vermittelt er überdies außerordentlich differenzierte Einblicke in innertürkische Konfliktlagen.« *Buchprofile*

»Informative Brisanz und erzählerische Dichte.« *Neues Deutschland*

Mehr über Autor und Werk auf *www.unionsverlag.com*